回首来路

中国民族文化出版社 · 北京

吴旭东 著

前　言

现在我每天都要学"学习强国"，慕课里最爱看的是《苏州史纪》，尤其是宋代"两范"——范仲淹、范成大。"两范"是中国历史上难有的好官，也是少有的既能当好官、又能留下好文章的文人，这样的人生无疑是成功的，虽然命运坎坷。苏州出了两位范大人，让我对再去苏州充满了期待。

范仲淹的文章，我最喜欢的是《岳阳楼记》，2005年我曾请曾宪郿先生抄录了最后一段，挂在自己办公室里。每当面对范仲淹"先天下之忧而忧，后天下之乐而乐"这句名言时，我常想作为一个公务员，我该如何度过我的一生？

一次，听到一个人不公正地评价公务员时（当然他并不知道我是公务员），我心里很不舒服，因为公务员都非常勤奋、刻苦、优秀。

公务员是国家工作人员，肩负着管理国家事务的重任。我想，如果有公务员把自己平时写的文章拿来出一本书，里面的文章或是公开发表的，或是抽屉文学，只要是展示真我，一表心迹，就可以让公众重新认识公务员。

加入浙江省温州市鹿城区作家协会（以下简称作协）

时，听说作协今年有出丛书的计划，我就想把以前发表过的、获奖的文章收齐出一本书，所以就申报了。作协编委看了我的目录，反馈说内容太杂，我就留下随笔类的文章，再把博文、信件、2017 年和 2019 年工作手记放入，加上几篇未发表的文章，于是就有了这本书。

工作手记是本书的一大亮点。我的工作手记是从 2017 年开始写的，每个工作日坚持写，每天尽量写到 1000 字，最后竟然有 18.9 万多字。我每天在微信朋友圈上连载，许多人看了，对我的公益宣传表示支持。2018 年偷懒停了一年，2019 年重新开写。考虑到一篇文章字数太多，朋友们会没耐心看完，所以字数减少了，一年写下来，也有 6.5 万多字。限于篇幅，本书只能收录一部分有代表性的文章（基本上是原文），读者从中大致可了解我的工作情况。

人生只有不断地审视走过的路，校正前进的方向，才能走得更远。编撰这本书，就像看一部纪录片，往事历历在目，恍如昨日。"不改初衷，一如既往"，这是同学朱胜亮出国后写给我的信里的一句话。28 年过去了，我做到了，这是最令我欣慰的。

我不是科班出身，而是小学时做过作家梦，34 岁才开始写作的普通文学爱好者，所以这本书可能会略输文采，却是一个公务员的真实写照。

今后，我仍将笔耕不休，写我所做，做我所写。

吴旭东

2019 年 12 月 15 日

目 录

童 年

读 书

婚　姻

育　儿

健身路

文 字

心　路

教　育

公 益

工 作

童 年

梦中的南门河

今天下午经过大南门时，我特意拐到国际大酒店边上，看看伴随我长大的南门河。

站在栏杆边看下去，她静静地躺在那里，从我脚底下忽然冒出来，然后钻到花柳塘不见了，横空出世，倏而不辞而别。

前些年，每次到舅舅家拜年时，都要经过她身边，每次看到她时，几乎都是黑不溜秋的，像条大阴沟，我的心情也一下子变得阴沉起来。现在，她仍是一种不健康的肤色，那种绿色，是水体富营养化的表现，是家家户户的洗衣水流进她的结果。

我常常想，这真是那条童年时朝夕相见的美丽的南门河吗？

儿时印象中，她是多么丰满啊，像个红光满面的村妇。前些年，多少次她潜入我的梦中时，不但可以并行好几条轮船，而且有时甚至波浪汹涌，犹如那首歌所唱的——一条大河波浪宽。

那时，她大概有20来米宽吧。两岸绿树成荫，芳草萋萋，河水碧清，波光粼粼。沿岸埠头很多，我家旁边就有一个，经常有小船划来停在埠头上，划船人挑着担子上岸，穿过小弄，去广利菜场卖货。凌晨天还未亮，勤劳的郊区农民划着船过来，在我们还在梦乡里时，把放在门口的马桶倒掉洗净，重新放回去。

那时蜻蜓很多，常有附近的孩子站在岸边捉蜻蜓。有一次，我看见一个大孩子手里拿着一根竹棒，竹棒上面用细线缚着一只雌蜻蜓，他站在岸边树荫下，不停地挥着手里的竹棒，雌蜻蜓打着圈，嗡嗡叫着，便有雄蜻蜓飞过来。等雄蜻蜓一上钩，他立刻停下手，把竹棒放在地上，双手扑过去，按住雄蜻蜓，欢呼雀跃、手舞足蹈起来，看得我也手痒痒起来。

比我大两岁的姐姐常带我到河边玩水，夏天最热的时候，站在埠头台阶上，双脚浸在水里，不知有多舒服。我喜欢在水里跶来跶去，或站在岸上看河里"白闪"（一种小鱼）闪来闪去，时间就这样不知不觉地溜过去了。

可有一次，我差点儿就没命了。

大概在我四五岁时，一次大雨之后，河水暴涨，陡门一打开，平时温顺地爱抚着我们脚丫的她，好像脱缰的野马奔驰而来，我们却一点儿也不知道危险，仍在台阶上跶来跶去。忽然，我脚下一滑，身子一侧，扑通一声掉进河里，湍急的水流一下子就把我卷到河中央，顺流而去。站在边上玩的姐姐惊呆了，连救命都忘记了叫一声。

正在此时，我爷爷恰巧到我家里来，问我妈我在哪里，我妈说在河边玩。问答间，他听到一声人掉进水里的声音，大叫一声"不好"，飞快地奔向河边，衣服也来不及脱，就纵身跃入河里，拼命向在水里沉浮的我游去，终于抓住了我的衣角，把我拽了回来。

若干年后，母亲告诉我这件事，而那时，爷爷早已离开我们，我甚至连对他说一声谢谢的机会都没有。

每次台风袭来，她总是一改平时的温柔，露出令人畏惧的野性。当水位越来越高，直逼我们家的屋基时，我总是心惊肉跳：再漫上来，我们就要泡在水里了！还好，每次都是到了最后关头，陡门及时打开，她就服帖下来，又恢复了那往日的面孔。

那时的我宁可舍近就远到九山河游泳（因为那里人多），大概是对之前的经历心有余悸吧。直到有一天，当陡门打开后，略显混浊的河水浩浩荡荡向东奔流，两岸的邻居都跳进河里畅游起来，河里像煮饺子一样好不热闹。我终于按捺不住，脱了衣服跳进河里，奔腾的河水像一匹骏马托着我，整个人犹如腾云驾雾一般。虽然我游技差，游到对岸也感吃力，但因为水流的冲力，很轻松就游到了对岸。后来，我还常常在梦中在她的怀里劈波斩浪，过足了瘾！

有几年大旱，她断流了。我们上学时就从河床上走过去，从大南门的岗亭那里回到大街（解放路）上，这样就可以不用经过拥挤不堪的广利菜场，省下不少的时间。经过岗亭边那个永远不会干涸的深潭时，我心里总是惴惴不安，好像深潭里面有一只水怪，一不小心就会掉进它的大嘴里。

邻居们为了省些自来水钱（那时，自来水一分钱一担，还要去弄口担水），就在河床上挖了一个一米多深的大坑，下面渗出涓涓细流，很快就储满了清水。我们这些孩子就拿着塑料水桶去提水，用来洗衣拖地板。

每年我们家都要洗几次地，此时，全家上阵，大人用扫帚刷地（黄泥坦），去河里提水就成了我们小孩的任务。我们趴在埠头上，把桶往水里一晃，水灌进桶里，用力提起来，拎着大半桶水哼哧哼哧地往回走，冰凉的水泼到腿上，真舒服啊！把水往地上用力一冲，光脚丫在积水上踩着，任水溅到身上，还兴奋地大叫，真痛快！

曾几何时，为了生存，邻居们开始在河边搭屋，虽然河道管理处也出来拆了几回，但最终这些房子仍挺立在河边。于是，原本丰腴的她被减肥了，越来越苗条。再后来，国际大酒店、繁华旅馆盖起来了，她又瘦了一次身，只剩下七八米宽了。

不但如此，她也越来越脏。从蓬头垢面的流浪女到满身酸臭的养猪嫂，她变得越来越让人退避三舍了。直到大南门旧城改造完成后，她才变得像样了一些。但无论如何，她是无法恢复往昔的风采了，正如不远处的万利桥，已永远找不到1984年孙守庄先生拍照时的风韵了。每念及此，我心里总是有股隐隐的痛。

南门河，我魂牵梦萦的河，何时能再投入你的怀抱，畅游一番？

（发表于2014年8月6日《温州日报》，获"水之缘"征文鼓励奖）

墙外墙内

爷爷家住瓯北。

我对爷爷家最初的印象，是正月里和父母到爷爷家拜年。当我战战兢兢地跟在大人后面走过那一尺宽的跳板，小脚一踩上松软的泥地，心里的石头终于落下地来——我没掉到混浊的江水里，更没陷进岸边的淤泥里。

从长满芦苇的渡口到爷爷家，要走相当长的一段路。在一片稻田里穿行了很久，终于看到爷爷家的"城堡"了。几只鸭子在路边的小水潭边嘎嘎叫着欢迎我，随后伸长脖子用扁嘴在墨汁般的水里起劲儿地叉着，我的小脑袋想不通，这脏水里有什么东西可以让鸭子吃呢？它吃了不会生病吗？

爷爷家过去是大户人家，人称"七间屋"，屋前屋后都有大院子，围墙很高，在五六岁的我看来大得就像城堡。

"城堡"处在稻田中间，正面是一个公用晒谷坦，在我看来它就像广场那么空旷。对面是一个"小城堡"，它也有门，但没有爷爷家的气派。小小的我常站在广场里观察"小城堡"，心里想着里面到底是个怎样的小世界，但我从来不敢跨进那个神秘王国一步。

站在广场向西看去是一望无际的水田，我不知道那尽头是什么地方，那时的我从来没到过距离爷爷家50米远的地方。直到初二学会骑车后，我在瓯北的活动范围才慢慢扩大。

走上三级台阶，进了院子，正对大门的是中堂，两边分别是正间、二间、灶间，爷爷和对门二姨家各占一半。院门的左边是一棵大树，树的边上有一口井，井壁高0.5米，口径80厘米，深约五六米。这口井在村里很有名，每逢大旱时，别的井没水，它仍坚持出水，周围的乡亲们都来打水，有时甚至要排队。一口井好不好，就看有多少人来打水，排的队长不长。

一年里最热的时候，二叔、爷爷会把西瓜缒下井去，在水里冰一下再提上来，切开给大家吃。一口咬下去，就像含了满口冰，这可是世界上最消暑的东西了。

炎夏的下午，大人们从田里忙活回来，马上脱了衣服，只穿一条短裤到井边冲凉。右手执绳，左手扔下水桶，右手轻轻一抖再一提，两手配合默契，只用三下，冰凉的井水就从地的深处飞跃而上，然后又从人的头顶猛地冲下，给发烫的脑袋和身体带来一个透心凉。可我不敢这样冲，妈妈、奶奶都说我体弱，我只有在边上羡慕的份儿，最多是凉凉手脚而已。直到我读中专后，第一年坚持洗冷水澡，第二年我就敢像堂哥堂弟那样冲凉了。

　　屋前的道坦主要是晒谷和乘凉用的。每年在这道坦里都要上演一两次人和雨比速度的戏。当天上乌云密布时，爷爷、奶奶和姑妈就手忙脚乱地拨谷，用最快的速度倒进箩筐抬进屋里。当豆大的雨点砸下来时，刚刚还铺满地面的稻谷，已经安然无恙了。

　　盛夏的晚上，是道坦最温馨的时刻，大人们坐在竹椅上，孩子们则仰卧在那张很大的竹床板上，凉风习习，舒服极了。仰望灿烂星空，我常想起小学语文书上《数星星的孩子》里那句"碧玉盘上的珍珠"。虽然腿上不时地被蚊子咬上一口，但我不想回到闷热的正间里，每次都要爷爷催上好几次，才不得不进房，然后在发烫的席子上辗转半天，才迷迷糊糊地睡着。

　　二叔家是村里率先盖楼的人家之一，那幢二层楼赢来多少乡亲的艳羡啊，而我也可以享受一下水泥地的冰凉世界了。几年后，二叔在浦边盖了三间三层楼后，爷爷奶奶住进了二层楼。爸爸办的小印刷厂几度搬迁之后，搬进了正间和二间，连猪栏也被爸爸改成了胶印车间。

　　我从农校一毕业，就正式加入爸爸的小厂，成了一个不拿工资的工人。白天坐办公室，晚上则像一个打杂的打工仔。我常一下班就马上过江，有时还得去浦西菜场买菜，买的都是便宜菜。慢慢地，我发现井水开始变浑了，再后来一打上来就闻到一股河泥臭，就不敢用它煮饭了。

　　爸爸的小厂惨淡经营，苦苦挣扎了几年，1998 年终于倒闭。从此，我不再常到瓯北了。

在爷爷奶奶离开我们的前几年，爸爸老是对我说，你要多去看看两位老人，看一眼少一眼了。我很想满足爸爸的心愿，但忙碌的我只能偶尔蜻蜓点水似的去看一下老人。每次去时，我都有一种陌生感，这真的是过去我曾经生活过的地方吗？昔日蛙声一片的稻田已变成鳞次栉比的楼房，高低密疏毫无规则地挤在一起。当年鸭子戏水的地方，现在是一个很大的车间，里面传出单调的敲击声。爷爷家的"城堡"像汪洋大海里的一叶扁舟，三级台阶的门台毫不显眼地藏在车间和出租房的夹缝里。那个曾经神秘的世界我也特意进去看了一下，里面破败不堪，快要坍塌了。进到逼仄的院子，走进爷爷奶奶昏暗的房间，我总觉得有一种压抑感。房间都租出去了，大车间挡住了光线，太阳晒不到，白天得点灯，空气不流通，这样的环境不适宜老人居住啊！

当爷爷奶奶相继去世后，我和这里的关系基本断了。今年，我听父亲说那口井早就没了。二姨家的堂哥在院子里搭简易屋出租给外地人，于是那口井就此结束了它的历史使命——它被填埋了。从此，再也没有冰镇西瓜和从头凉到脚的冰瀑享受了。

有多少美好事物因着我们无尽的欲求而消失呢？

墙外墙内，沧海桑田。现在的我只能在梦里才能进到当年的院落，我想梦中的我一定还会在老井的眼里看到那方蓝天，那张青葱岁月的脸庞。

（发表于《永嘉文艺》2019 年第二期）

理发

小时候，最怕的是爸爸给我理发。

爸爸剃头的技术是自学的。他在排队等候时，看师傅怎样推剪，怎样剃鬓角，看多了，认为剃头也就那么一回事，要是自己剃，三个儿子一年就可以省出不少钱了。于是，他看得更仔细了。不久，他认为自己偷师已经成功，就在我们三兄弟头上试验了。

第一次剃头是在冬日一个星期天上午，一吃完早饭，爸爸就摸着我和大弟的脑袋说："你们俩的头发很长了，上午我有空，给你们剃一下。"他看着我，不由分说道："你先剃！"然后把我拉到楼上，端来一张凳子，让我坐在大衣橱的镜子前，在我身上披了一块很大的布，布的两个角在我下巴处用夹子夹住，拿出不知是借来还是买来的剪子，又拿出个小瓶子滴了几滴机油在剪子上，就动手了。

由于是第一次被他剃头，我根本不知道马上就要大祸临头，若无其事地看着爸爸把弄着手里的剪子，心里有一股充满期待的兴奋感。

但很快我就后悔了。

爸爸偷师时虽然看出一些门道来，但关键技术没学到手。理发师傅是先洗后剃，他则是先剃再洗，又学师傅的样子把我的头发往后倒着梳。我们那时都是几天洗一次头，加上经常玩得满头大汗，梳子顺着梳都有些阻力，倒着梳就更吃力了。爸爸手一使劲儿，我立马觉得头皮简直要被他刮起来了，那滋味就像鱼被按在砧板上刮鳞一样。

为了减轻那种难以忍受的痛苦，我的头一个劲儿地向后仰，嘴里不停喊着"疼死了疼死了"，巴不得马上从椅子上站起来，逃之夭夭。

爸爸不知我为什么会这样不安分，一只大手把我紧紧按住，命令道："别动，动来动去不好剃！"

我只得强忍着这种无可言状的难受，任梳子在头上纵横，而那把嘎嘎作响的剪子随后跟进，收割着我茂盛的头发。

也许是因为高度紧张，我身上越来越烫，汗水汹涌而出。由于脖子上围着布，热气无法透出，很快全身就汗津津、黏糊糊的。而发末从布和脖子的缝隙轻轻滑下，粘在背上，我觉得痒，就耸肩扭背，内衣和头发一摩擦，皮肤上就像粘了很多毛刺，特别刺痒。

我如坐针毡，又如虾蛄般屈着身子，抬头看看镜子里的自己，那眉头皱得像拧在一起的绳子，只差一点儿眼泪就要掉出来了。

我几次想站起来罢剃，又怕爸爸生气，只得强忍着，心想很快就会解放的，再忍一下吧。

半个小时后，终于受完罪了。看着镜里额上的头发被剪成一条线，我想，明天到学校里肯定要被同学叫"锅灶额头"了。我可怎么见人啊！

我嘴巴翘起老高，嘟囔着："难看死了，再也不给你剃了！"爸爸苦笑了一下，摇了摇头，说："没办法，我的技术只能到这里了。"

我下楼洗头去了，当然洗头洗澡是连着的，若不洗澡，这一整天都要坐立不安了。楼上传来弟弟受刑般的嚎叫声。唉，爸爸，你为了省点儿钱，把我们折腾得好苦啊！

之后我又被爸爸折磨了几次，每次一剃完我都发誓再也不让他剃，但我心软，爸爸连哄带骗，我就又坐上了那张"老虎凳"。弟弟则坚决不肯就范，早早溜之大吉，爸爸只好给他几毛钱去店里剃。

后来，爸爸看自己水平并无长进，觉得不应再把省钱建立在我的痛苦上，就把他的剪子束之高阁了。幸亏他早点儿收手，不然的话，我肯定会把那个剪子扔进门口的河里去。

那时为了省钱，穷人家总是想尽办法让孩子陪大人一起受委屈吃苦头，这在今天是根本无法想象的。但节俭的习惯也让我一生受益匪浅，2000 年 4 月结婚前一天，我就在平时常去的小店里，由一直给我剃头的年轻人给我理发，才 10 元钱，这也是别人不能想象的。

（2019 年 12 月 16 日发表于《鹿城作家》公众号上）

想挣钱的滋味

说实话，小时候我就很想挣钱，这念头一直到我结婚，从未断过。

我们一家六口，父母双职工，兄弟姐妹四个，按父亲的说法，是一穷二白。我们家只有一间 40 平方米不到的二层楼，楼上铺了两张床，一张床上睡三人。当小弟也上学时，爸爸分来一间工房，我们夏天才不用再睡地板了。

每个学期一开学，我都要向学校递交减免学费的报告，我们几个很少春游秋游，只能眼睁睁看着同学们买零食吃……

穷则思变。父亲开始和家人合伙办厂，而我们四个兄弟姐妹也在某个夏夜练了一次摊。

那天晚上，经过一番策划后，姐姐带我们三兄弟到解放南路摆茶摊。市区这种茶摊很多，路边摆一张桌子，上面放几个玻璃杯，一两个热水瓶，过路人口渴时，花两分钱喝一杯就能解解渴。

这是我们唯一能干的事。

夜幕降临时,我们拿出家里仅有的四个玻璃杯和一包茶叶,提着两个热水瓶,抬着一张方桌,浩浩荡荡地出发了。摆摊的地点就在虞师里巷口,同昌药店门前,那里行人比较多。

可是来来往往的人竟没有一个肯停下来光顾一下这个刚刚冒出来的茶摊,大概是我们太不专业了,一看就知道是小孩闹着玩的。我们眼睁睁看着人们匆匆而过,却没一个拿正眼看一下我们,心里失望至极。前几天商量时遥望的美好前景,全部化为泡影。

就在我们以为肯定没戏的时候,终于有一个年轻人在茶摊前停下脚步,我们欣喜若狂。我现在想,他大概是因为太渴了,才肯赏脸。

我们想再等一个人来喝,却再也没人上钩了。夜深人静,我们的眼皮开始打架,姐姐一声令下,我们打道回府。三四个小时的漫长等待,才挣到两分钱,真是惨淡经营啊!

那是我们唯一一次集体练摊,现在,除了我一直是上班族,他们都正在经商或曾经过商,大概和这次练摊也有一点点关系吧!

舅舅家住在我们家所在小弄的弄口,与我们家一样也是六口之家,但比我们更惨,因为舅舅没有户口,压力更大。好在外公给舅舅留下的是店面,虞师里东头的店面,可是黄金铺啊!舅舅人聪明,又有人帮,就做起了鱼皮海参的生意,且越做越大,一些酒店都是他供货。

　　每逢年底正月那几天，是舅舅家最忙的时候，全家老少齐上阵，还把我们几个也叫上一起帮忙。作为回报，舅妈会给我们几袋发好的鱼皮海参，让我们过年可以吃点儿好菜。

　　后来我常想，为什么舅舅不把我们家带起来一起做生意呢？父亲的小厂不景气，我们三兄弟三套房，到了哪年哪月才有影子啊！我刚工作时，一个月工资才二三百，照这样的节奏，40岁都结不了婚啊！

　　可舅舅就是没给我们机会。但如果给的话，也只有妈妈去做生意，可妈妈放不下架子，她是中专毕业的正式工人，所以我们家日子一直过得紧巴巴的。

　　前天，听妈妈说她那时厂里没业务时，去炸虾球、印丝印，有一次还被骗了三元钱的报名费。那次她们几个人去学裁缝，可去上课时，培训方却说要自带机子，她们都没有机子，这钱就打水漂了。

　　20世纪80年代的三元钱，可不是一个小数目啊！

　　到了1995年，小弟中专毕业，妈妈不知跑了多少路帮他就业。半年时间过去了，小弟还是"家里蹲"，全家都焦虑得不行。有一天，爸爸说去找他一个朋友帮忙，买了几瓶酒，要我陪他去。按我的性格，我是绝不会做这种事的，但为了弟弟，只得屈从。那天晚上在那人家里，我感到特别难堪，最后那人也没帮上忙。我这一生，除了小学时给敬爱的马老师送过一张年历画，这是第二次给人送礼，直到现在心里还有些后悔。

想有一个自食其力的机会，竟是如此之难。那些梦想秀中的创业梦、找工梦，正是多少人曾经历过的那些事，记忆的弦一旦被勾起来，就被感动得一塌糊涂了。

那些曾经尝过的滋味，虽然久远了，回味一下还是有必要的，这样我们会更愿意多给别人一个机会。

（写于 2013 年 12 月 3 日，发表于《瓯江文艺》2020 年 1 月刊）

读 书

我的 20 世纪 80 年代

20 世纪 80 年代，是一个真诚的时代，是一个理想的时代，是一个热血的时代。北岛说："那时我们还有梦，关于文学，关于爱情，关于穿越世界的旅行。"所以很多人怀念 20 世纪 80 年代，我也一样。

1980 年我读小学三年级，1989 年 8 月中专毕业开始工作。相比于那时已成家立业的人，我这 10 年过得比较平淡。然而这个人生打基础的阶段，一些人和事在我生命里留下很深的痕迹，所以这 10 年特别难忘。

现在的我已到了怀旧的年龄，常睹物思人，一经过某些地方，几十年前那些往事就会浮现在眼前。

1980 年的一天上午，我们班的体育老师带着全班五十几个人来到积谷山下池上楼对面，那边有一面七八米高的笔直岩壁，崖顶长着几棵大树，树根有杯口粗，附着岩壁蜿蜒而下，扎入地里，大概因为经常有人爬，树根像树干一样光滑。

老师要我们抓着树根爬上去，就像在学校里爬竹竿那样。在老师的鼓励下，全班排成一队，手脚并用向上爬着。当我终于站上崖顶时，风一吹，好凉快啊，这才发现自己已浑身是汗。最后一个女生也爬上来了，大家站在崖上，自豪地笑着、叫着，好像刚才征服的是珠峰。

那时的老师，虽然可能不是科班出身，却能激发学生冒险的欲望。现在呢？

10 来岁时，因为家境贫困，母亲病魔缠身，康复后又忙于厂里工作，所以我很难像大多数同学那样享受到足够的母爱。每次开学缴费是让我最觉得难为情的事，因为我必须向学校提出减免申请，这让我觉得低人一等，在同学中抬不起头来。直到 1981 年马老师成了我的班主任后，这种自卑感才消失了。

马老师那时 20 岁刚出头，清秀白皙的脸上，一双温柔的眼睛是那么的亲切。她把我们这些不懂事的学生当成自己的孩子。在我印象中，她好像从没发过一次火，即使在不得不严厉批评我们的时候，她的眼里仍是那种爱怜的眼神，让我们低下头来，乖乖地接受她的责备。她对我是特别关注的，我想大概是她知道我的家境和心境吧！上课时她最喜欢向我提问，并毫不吝啬地表扬我，我能感觉到她就像母亲宠爱儿子那样宠爱我。一看见她那双亲切的眼睛，我就像看见了母亲一样，心里洋溢着喜悦和幸福。

每天下午放了学，我很自然地来到她的办公室里做作业，虽然她并不曾叫我这样做，但我觉得这是我每天放学前的必修课。不管等到多晚，我也要等她忙完活儿一起回家，她也很乐意让我陪她回家。静静的校园里，昏暗的办公室里，有一个少年在等待，等待一天中和老师最后的相处时刻。这时没有其他同学了，也没有其他老师了，我可以和老师海阔天空地一边走一边谈，这是我一天中最美好的时光。

每次和老师分别时，总是那样依依不舍，虽然知道明天早上就能再相见，可总觉得一个晚上的离别时间还是太长了。

1982年春节，我和好朋友陈剑锋一起去马老师家拜年，我们凑钱买了一张年画送给老师，这是我一生唯一一次给亲人以外的人拜年。

一年的时间转眼间过去了，老师离开了我们，因为她是代课老师。当我得知老师不再来上课时，心里是多么失落啊！我甚至还不知道我敬爱的老师的名字，她就从我的世界里消失了。

等我长大之后，我总感到除了母亲以外，再也没有谁能像她那样朴素地疼爱过我——没有任何希求，没有任何企望的。

我常常想念她，也常常想要找到她。我曾去她以前住的马槽头那里找，但是找了几次都未能如愿。我以为今生再也找不到老师了，没想到去年，一个偶然的机会，我找到了老师。4月29日晚上，我又和剑锋一起来到老师家里，这是我们离别33年后的重逢。

后来，我把三次刊在报纸上的写老师的文章给她看，老师非常感动。我想，这段往事会一直珍藏在我心里，也珍藏在她的心里。那时的老师虽然没读过《爱的教育》，但懂得如何用爱来教育。

我的父亲，是对我一生影响最大的人。我父亲是一个普通劳动者，在他身上，中国农民的辛勤、工人的坚韧得到了最好的彰显。他从小就对我非常严格，那种严厉是今天很多父亲根本无法做到的。

每天 6 点多，他一起床，就叫我和姐姐也起床，一起做家务——烧炉子、买菜、洗菜。我从小就自己洗衣洗鞋，读中专时自己洗被单缝被子，就是现在，全家的衣被也全是我手洗。

那时父亲在瓯北和亲戚合伙办了一个小印刷厂，他每天起早摸黑、风雨无阻地两头跑（白天在市区上班，晚上渡江去瓯北）。那些年里，父亲一直像一头老牛（这也是他在厂里的绰号）不知疲倦地耕耘着。每个寒暑假，我都要去父亲厂里，经常陪他修机器到很晚，人站着都摇摇晃晃起来了，父亲才让我去睡觉。现在想来，父亲大概就是想让我体会一下他的辛苦吧！

虽然父亲付出比别人多，挣得却比别人少，因为业务少、设备差，他只能惨淡经营，苦苦挣扎。1998 年，父亲的印刷厂再也维持不下去，终于关门了。虽然他没能为我们提供舒适的物质生活，却给了我们宝贵的人生财富——勤俭节约、努力拼搏。他用自己艰苦创业的经历，给我们四个孩子上了活生生的一课。他用无数个夜以继日辛勤劳作的场景，给我们树立起一生的标杆。

因深知父亲创业的艰辛，深知一分一厘来之不易，所以我没有啃老，30 岁时用 10 年积蓄买下房子，自力更生办完个人大事，这是我最自豪的一件事。

如果你问哪段经历对我一生影响最大，我会说是中专生涯。每次经过六虹桥路温州科技职业学院门口时，我总是特别怀念那四年的生活。

1985 年，我考入温州农业学校。那时的我，对自己选择的园艺专业非常喜欢，看到我国农业和西方国家的巨大差距时，一心只想能为我国的农业发展做点贡献。我那时学习特自觉，成绩总是名列前茅，有同学在毕业留言里说我一个城里人却这样热爱农业，实在难得。那时，我会自觉地去阅览室里看专业杂志，并认真做笔记。直到现在，虽然早已不干本行，我仍对农业保持着浓厚的兴趣。

那时每天天都黑了，我还在打排球或踢足球；纵然大雨瓢泼，我仍驰骋球场；即使寒冬腊月，我仍坚持冲冷水浴。原本体质差又矮小的我，变得健壮了，也长高了 18 厘米。最令我自豪的是，离校前夕代表学校参加全市大中院校足球赛，赢了温州师范学院队，获得第四名。

踢赢温州师范学院队，对我们来说，简直可以说是一个奇迹。他们年龄比我们大，球艺比我们好，组队比我们早，然而胜利却属于我们，凭着初生牛犊不怕虎的斗志，拼尽最后一点儿力气，90 分钟时踢平。最后点球大战，我们赢了。

当终场哨音吹响时，我们在球场上尽情地欢呼，那一幕是我永远不会忘记的。

当然，最重要的是，在那四年中，我确定了人生的方向。如果没有这四年，我想今天的我也许会是完全不同的另一个人。

那四年，没有卿卿我我，没有三星苹果，没有游戏网络，没有酒吧火锅，生活却是那么充实快活。今天的大学生，简直无法想象没有这些，四年怎么熬过？

那些美好的日子，真想再过一次啊！

1989 年 6 月，毕业前写下的一篇日记，今天读来，仍能感受到那时的心情："中专生活结束了，人生的第一站走完了，前面的道路是陌生而充满了险阻的……开始吧，不要再浪费时间，从现在起，就朝着人生的目标迈开大步。"

8 月中旬，我走上了工作岗位，白天是在机关上班的行政干部（即现在的公务员），晚上却是爸爸厂里的打工仔，打下手做杂务、烧点心，一般都要到 11 点才睡，第二天回温州上班。日子过得清苦，却充实。虽然身份改变了，但本质没变，直到现在，我仍以自己是一个劳动人民的儿子而自豪。

那时，我们都曾唱过《年轻的朋友来相会》："啊，亲爱的朋友们，美妙的春光属于谁？属于我，属于你，属于我们八十年代的新一辈！"从那个火热年代走过来的人，都曾怀着激情和梦想，如今，我还奔跑在通往理想的路上。

现在的我，依稀还记得，寒暑假的那些夜晚，坐在自家那狭小的房间里，一想起自己很快就可以挣钱了，心里是多么高兴啊！

"不惋惜，不呼唤，我也不啼哭，

……

金黄的落叶堆满我心间，

我已经再不是青春少年。"

叶赛宁的这几句诗，仿佛是专门为我而写的。

（发表于《平阳文艺》2016 年第四期）

小巷

20 世纪 80 年代，我在温州市第五中学（现温州市第二职业中等专业学校）读初中。温州市第五中学在老南站旁边，那时温州城很小，南站过去一点儿就是郊区了。我们班上很多同学都是农家子弟，有一个同学住在十八家，他家附近全是田，他则一副乡下人的模样。

进初中后，我就一直坐在第一排，坐我一左一右的两个男生是我的死对头庆存和胜美。庆存的妈妈在学校当老师，所以他在大家面前感觉特别好。胜美和他有点儿亲戚关系，两人形影不离。

下课铃声一响，教室骤然热闹起来。同学们三三两两打闹着，绰号满天飞，你叫我一个，我回你一个。

我们班上每个人都有一两个绰号，但各自杀伤力不同。有的无伤大雅，像 face，是班主任为了让同学们好记单词每人分一个，就被当成绰号了。有的却令人难堪。我有两个，一个是从小学带上来的，另一个是从热播电视连续剧里搬来的，一叫就让人想起那个可怜可悲的角色。

我到现在也不知道这绰号是谁送给我的，当它从这位大发明家的口里一出来，立即像瘟疫般流传开来。其他人叫我，我尚能忍受，但庆存和胜美叫，我绝不能容忍，因为这个帽子同样可以戴在他们的头上，他们叫我等于叫自己。

每当那刺耳的声音从他们嘴里发出来，如烧红的烙铁把我的耳膜捅得鲜血淋淋时，我就想脱下鞋子把他们的脸抽得像猴子屁股一样！每次看着他们皮笑肉不笑的样子，我就想从地上拔起一把草塞进那两张乌鸦嘴里。我恶狠狠地瞪着他们，也用他们的绰号回敬他们，只是双方导弹完全不同等级，我明显吃亏，他们见我气急败坏，叫得更欢了。

我很想让这绰号随着电视剧的结束而被人渐渐淡忘，痛苦能够终止，却看不到这日子的尽头。慢慢地我产生了一种错觉，认为大家看我时都带着异样的眼光，好像我就是那个角色。

学校里管体育器材的那个汪老师看上去怪怪的，经常有同学欺负他，我每次看到他，竟觉得自己也成了他。

这该死的绰号还要伴随我多久？我已经受够了！可他俩却是虐待狂，我越不想听，他们叫得越起劲，我越愤怒，他们越得意。我感到绝望，开始自我封闭，越来越孤独。

当然女生是不会这样叫我的，毕竟我是曾经的班长。但此时我的尊严已被击碎，我觉得自己已无颜面与女生说话，尤其在班花明丽面前。

明丽也是班长，是我的后任。她是男生们的暗恋对象，但她就像一朵天山雪莲，只有那些攀上绝壁的勇士，才能站在她的面前。我的成绩徘徊在班里中游水平，加上那个绰号横亘在前犹如一道深渊，让我无法逾越。

我很羡慕后排的男生上课时可以欣赏她窈窕的身影，而我只有放学时偷瞄她几眼的份儿。她每次都和几个女生一起回家，形单影只的我或用眼角的余光瞟着她，或慢腾腾地跟在后面盯着她的马尾辫一甩一甩地晃着。

从教室到学校大门，只有20来米的距离，走这段路程是我一天最享受的时候。一出校门她们就往右拐进小巷了，我就只能等待第二天的放学了。

回到家里，爸已经在吃饭了。爸在江北办了一个印刷厂，每天厂里一下班，立即回家吃饭，饭碗一放下，马上去乘船到江北。但这次爸吃完了并不动身，而是点起一支烟，对还在吃饭的姐说："考试一考好，你马上去学技术。"

平时爸话不多，时间对他来说总是不够用。但在我们犯错时，他总会训上半小时，我特怕他的长篇大论，比揍我一顿还让我难受。

姐把碗里最后一粒饭扒进嘴里，抬头看了爸一眼，点了点头。她成绩一般，普通高中都难考得上。爸早就和她说过，如果考不上重点中学，就不让她读了。

我正在盛饭，听了爸这句话，心里咯噔一下，再看姐时，她一脸无奈。姐懂事，她即使很想读下去，也不会和爸闹的。

我知道，爸的话也是对我说的。如果我考不上重点，还能不能读下去呢？我边吃边想这个问题。再过一年，我的命运又将如何呢？我像是走在烟雾弥漫的路上，根本看不清前面的方向，爸骑上老牛车，往望江路乘船去了，我也推出了妈那辆自行车。这辆二手车是从教会一个阿姨那里买来的，价格不菲。这是辆女式车，没有三角横档，妈又把车座放到最矮的位置，比起老牛车好骑多了，所以它成了我练车的最佳选择。

前阵子，我刚学会骑车。大凡刚学会骑车的人瘾都很大，每次看到别人骑车，脚就会痒痒的，只想叫人家下来让自己骑。所以每天碗一放下，练车就成了我的规定动作，中考阴影虽已降落，我却舍不得放下这个嗜好。

我每次都是按固定路线来回——从虞师里骑到人民路，再到黎明西路，到了军转站就原路返回。但这天，当我往回骑时，却鬼使神差地拐进了学校右边的小巷。这是我每天下午和明丽分开的地方，从这里到她家仅一百多米。

一进巷口，我就眼前一亮，前面那个穿一身蓝色运动服、马尾辫一甩一甩的，不是明丽吗？她正牵着一个孩子的手慢慢走着。

明丽这几天都穿这身运动服，这是今年最流行的款式，面料看上去特别柔软，我每次看见都想摸一下，我想那手感肯定特好！体育课打排球时，衣裤上那两条白条纹轻舞飞扬，让她充满了青春气息，像是小鹿纯子来了，而我却是全班打得最烂的一个。

在朦胧的路灯下，她和那孩子边走边轻声说话，那孩子大概三四岁，非常可爱，应该是她侄儿吧！柔和的灯光洒在她身上，如披上一件梦幻般的薄纱。

　　我没有叫她，从她身边径直骑了过去。超过她时，我用眼角瞟了她一眼，她正低头说话，没有看见我。我想停，但车没刹住。骑过三四米，车才慢下来，我犹豫了一下，要不要停下来和她打个招呼？

　　但和她说什么呢？

　　我拼命搜索着词句，却没话可说，总不能说"吃过了没"吧！本来看见女生就木讷的我，此时大脑一片空白。

　　于是我继续骑行，边骑边想，她刚才有没有认出是我呢？很快，我骑过了她家的那条小弄，从垟儿路口经过飞霞路回家了。到了家里，我马上拿出作业本。平时我都是一坐下来就进入状态的，但此刻无论如何也集中不了注意力。

　　为什么刚才不返回去和她说话呢？我后悔不迭。

　　第二天下课时，我想问她昨晚是不是和侄儿散步了，可当我走到她桌前时，却不敢开口。一整天，我都在犹豫着要不要问她，可看到周围这么多人，走到一半的话又缩了回去。

　　好不容易挨到晚饭吃好了，我急不可耐地骑车去她家。我不知道她晚饭吃了没有，也许她已经出来了，那我就要加快速度了。我使劲儿地踩着车，像是去赶江北的渡轮，巴不得插翅飞到那里。

　　可当我到了校门口一看，一个人影也没有。那条路白天除了上学的人以外，是没几个人走的，此时更是冷清。那盏路灯昏昏欲睡，大概因为电压不够而有气无力，让人担心随时会灭掉。

　　我想，也许她还没过来，也许她已经带着侄儿回去了。

于是我继续前进,可当我骑到她家的弄口时,还是没有看见她。

小巷一片沉寂,只听见自行车在石板路上发出的咣当咣当声。这条路坑坑洼洼的,我觉得自行车像是在跳舞,每个坑都让我的屁股被震得生疼。

此时我听到自行车的挡泥板在扯着嗓门向我大喊,昨晚我没听到它一句抗议声,今天它却像受了莫大委屈似的呼天喊地,让我的耳膜受不了。

接下来的一个个晚上,我每次满怀期望地出发,却失望灰心而归。每次我都对自己说下不为例,但第二天还是准时出现在这里,好像有一个人命令我必须过去,我无法抗拒。

期末考试越来越近,我终于停止了这毫无意义的行动,我知道明丽肯定不会再带侄儿出来散步了。

后来有一天,我听到妈推车出来时自言自语:"这车质量怎么这么差啊,前几天刚修过,今天又要修了。"我想起那些日子天天在石板路上瞎折腾,但又不能跟她说,很是内疚。

进入初三后,每个人都有了自己的目标。我的目标是考上中专。中专包分配,有助学金,但分数线和重点中学不相上下,按我的成绩水平,这是很难企及的目标,所以我必须更加努力。

明丽的目标也是中专。我觉得她应该考一中,以后考大学,而不应像我这样,早早去上班。

经过无数次挑灯夜战,我终于完成了中考。中考后没几天,就是毕业晚会。晚会自然少不了明丽的独唱。她用广东话唱：

"莫说青山多障碍，风也急风也劲，白云过山峰也可传情。

莫说水中多变幻，水也清水也静，柔情似水爱共永。

未怕罡风吹散了热爱，万水千山总是情，

聚散也有天注定，不怨天不怨命，但求有山水共作证。"

我以前在电视里听过这首歌，但缺头断尾的，现在听明丽一口气唱完，觉得这首歌实在好听，可惜我不会粤语。

又过了一段更漫长的等待日子，当我从江北爷爷家刚一回家，就从同学那里得知了好消息——我们班这次一中考上了四个，中专考上了两个（我和明丽），是全校成绩最好的班级！

在那一瞬间，我忽然有一种范进中举的感觉。

我终于可以和她说说话了！

明丽在外地上卫校，我则在本地读农校。开学后，我们通了两次信，互相介绍崭新的生活。明丽说她爸来看她，给她带来了一大包好吃的，馋得我直流口水。我则自豪地声称一直坚持洗冷水浴，那可是我以前从来不敢想象的。我没告诉她的是，我也一直在唱"万水千山总是情"，却总是唱不准。

放假后，我第一次到她家玩。站在她家门口，我犹豫了一下才敲门。这是我第一次到一个女生家里，拘谨得不行，一双手总觉得没地方放。明丽看我大气不敢出的样子，叫我喝茶。我端起杯子，抿了一口，等她先开口。

　　她问我明年什么时候开学，我说元宵过后。话匣子打开后，人慢慢放松，就聊起来了。我向她汇报这学期的进步：排球打得很溜了，人也长高了 3 厘米……两个小时一闪而过，看看时间不早，我就起身与她父母道别。明丽送我到弄口，我们互相加油，祝愿学习进步。

　　第二学期开学后，我斗胆写了一封信向她表白，然后就是忐忑不安的等待。每一天都像一年那么长，煎熬了十几天，终于盼来了回信。明丽婉拒了我，她顾及我的自尊心，只说两人都还年轻，应该把心思放在学习上。

　　我真是太蠢了，本来我们还可以继续通信，但现在这扇门关上了。虽然她说保持友谊，但我还好意思再给她写信吗？

　　窗外的水杉树上嫩芽已经萌动，我心里却一片冰冷。那几天，我做任何事都提不起精神，自怨自艾，恨自己成事不足败事有余。

　　慢慢地，时间抹平了一切。

　　随着旧村改造，小巷完成她的历史使命，所有房子腾空待拆。暑假里，我陪刚刚中考完的女儿练自行车，经过垟儿路这头的巷口时，却发现那里拉了一条警戒线，旁边坐了一个保安。我跟他说进去看一下，他一脸严肃，不由分说拒绝了我。

　　也许只有在梦中，我才能回到这条小巷了。

　　　　　　　　　　（发表于《墨池》2019 年 3 月刊）

回忆 20 世纪 80 年代的中专生活

30 年前，我从温州农业学校毕业，进入南郊乡政府工作。今年 8 月，我即将提前退休。今晚在电脑里看到毕业照上的昔日同窗，突然有一种写写中专生活的冲动。

妈妈说她最难忘的是读初中的生活，她很想写一篇小说，把那年的一点一滴记录下来。对我而言，我最美好的读书时光则是中专四年。

那时家贫，三兄弟读书，父母不堪重负，我就是考上一中二中，对他们而言也不是好事，这意味着他们要再供我六七年。报考中专是身为小学教师的姑妈的建议，她说中专有助学金，甚至还有奖学金，毕业包分配，且进的都是好单位，前途无限。初三那一年，除了考上中专，我没有任何念想，每天坐在桌前熬油般苦读时，感觉就像在漫长的隧道里跑马拉松，虽已筋疲力尽，仍向着那个针眼大的光点艰难前进。

至今我仍记得很清楚，1985 年夏天拿到中专录取通知书的那个下午，我如范进中举般欣喜若狂，我知道人生道路从此就要转一个弯了。而这之前，我一直提心吊胆，生怕自己也像姐姐那样一考完马上要去父亲那里学印刷技术。

带着这样的好心情，我开始了中专生涯。报到那天的情景恍如昨日。那个秋高气爽的上午，姨夫陪我乘公交车去学校，大门上悬挂的横幅让我有种宾至如归的感觉。当老师告诉我一学期学费才10元时，我简直不敢相信自己的耳朵。当拿到30斤饭票和27元菜票时，我想我再也不用依靠父母来供养了。15年来，我一直和爸爸、弟弟挤一张床，夏天因为贴着蚊帐睡觉，身上常被蚊子咬得惨不忍睹，现在在宿舍里我终于有了一张属于自己的床。

我以为考进中专就一帆风顺了，哪知第一年过得比初三还煎熬。我们要先学完高中文化课才学专业课，为了完成教学任务，老师教课像翻书比赛，我理科基础差，就常亮红灯了，才维持了几个月的沾沾自喜顿时灰飞烟灭，感觉在同学们面前也抬不起头来了。我的同学大多是复读考上的（这从年龄上就可以看出来，他们有的大我两三岁），所以他们比我要轻松多了。最要命的是如果不及格就需补考，补考仍通不过就不让毕业。我只有拼命努力，最后期末考试总算全部过关了，我心里一块巨石终于落了地。

第二年终于盼来专业课。当我看到我国和西方发达国家在农业上的巨大差距时，决心要为中国农业崛起而努力。我上专业课时觉得特别有滋味，那些课程好像为我量身定制似的。照理说，我一个城里人，对农业的兴趣肯定没有农村来的人大，但我像找到了宝藏似的，一头扑进了书本里。每次考试前，我的笔记是全班最受欢迎的。晚上去阅览室看专业期刊时，我也做笔记。我像海绵吸水一样吸收着知识，同时诧异为什么一些同学对专业课毫无兴趣。

由于学校初建，第一年时我们连操场也没有，我就在校园小路上和同学打排球，常要避开来往的老师和同学，就是在这样的场地上，我学会了打排球，且是全校打得较好的一个，而初中时我的体育可以说是全校最差的。冬天的早上，天才蒙蒙亮，我们已经排着队在操场里跑步，或是在学校外面绕校跑一圈。夏天的下午，我在烈日下挥汗如雨地踢球。冬练三九，夏练三伏，这在我初中时是根本不可能的。

我是十足的球迷，晚上都看不清人脸了，我还在和同学打排球，或是一个人对着围墙练足球。为了节省鞋子，我就光脚踢，脚头越踢越硬，成了全校有名的"铁脚"。有一次踢球时，突然大雨瓢泼，我们仍继续酣战。雨中视线模糊，我被对方撞倒，鼻子出了血，只得回到寝室里，躺在地上止血，身上滴着雨水，耳中听着楼下的呐喊声，还想过会儿下去继续踢。

寒冬腊月，我坚持洗冷水浴，洗好后全身冒烟，特别暖和，看到同学们提着两三个热水瓶进浴室，心里不知有多自豪。有时学校停水，我就在学校的猪栏旁边洗澡，因为只有那里的水龙头可以出水。有一次连那里也没水了，我就端着脸盆，光着上身，穿着大裤衩，像邻居大叔一路招摇过市，到 300 米外的河里洗澡。

后来，我看到报上的一篇文章《陈独秀儿孙们的命运》，文中写道："……陈独秀所主张的'兽性主义'。陈独秀对'兽性主义'的解释是：意志顽狠，善斗不屈；体魄强健，力抗自然；信赖本能，不依他活；顺性率真，不饰伪自文。他提倡'兽性主义'的目的，就是要改变我国青年'手无缚鸡之力，心无一夫之雄；白面纤腰，妖媚若处子；畏寒怯热，柔弱若病夫'的状况。"我觉得，那时我已经在实践陈独秀的主张了。

让我一生引以为豪的是，离校前夕我参加校队，并获得了大中院校足球比赛第四名，我们踢赢了温州师范学院队。在比赛到了最艰苦的时刻，正是平时培养的顽强拼搏精神，使我能和队友们咬紧牙关拼到底。我现在工作上也有一股拼劲儿，和当年在学校里的磨炼是分不开的。

因为家穷，营养不够，加上不爱运动，入校时我身高才 1.5 米，比女生也高不了多少，可毕业时我有 1.68 米了。我同桌和我同岁，身高相近，我踢足球打排球，他则跑长跑，晚自修后还在操场上跑上几圈，最后他比我稍高一点儿。现在想想当年暗中比身高的情景，还是挺有意思的。

那时每当夜幕降临时，校园广播室就开始播放流行歌曲。20 世纪 80 年代后期军营歌曲还是比较流行的，所以广播室时不时会播上一首。"夜蒙蒙，望星空，我在寻找一颗星，……天遥地远，息息相通，息息相通……"我也喜欢听爱情歌曲，"我愿逆流而上，依偎在她身旁，无奈前有险滩，道路又远又长"。每次唱起这些歌时，我想象着在某个地方站着一位美丽姑娘，有着和我同样的心思，做着同样的梦。虽然憧憬、向往爱情，但因为要追求志同道合，所以我没像有的同学那样卿卿我我，只把那份最纯真的感情留待将来。

十八九岁的年龄，正是建立人生观的时期，古今中外仁者志士都是在这个年龄开始树立远大的人生目标，立志为人类、为信仰、为真理献出自己的一生。我也是在这个年龄段，开始思索自己的人生到底该如何度过。我在一本笔记本里写下毕业前的几篇日记，其中有一段是这样写的："中专生活结束了，人生的第一站走完了，前面的道路是陌生而充满了险阻的。路，只有一条路，……开始吧，不要再浪费时间，从现在起，就朝着人生的目标迈开大步。"这30年里，我时常检视自己走过的路，看看自己是不是仍然坚守起初的理想。现在的我仍坚定地走在这条路上。当年立下的志向、定下的方向，如果是错的，那么我今天肯定会改弦易辙，如果是对的，那就一定经得起时间的考验。

（发表于《瓯海文艺》2019年夏刊）

今天我还在走

走上自考路，对我来说是一件不得已的事。农业学校毕业后一直没去读书，为什么10年后还会重返这所没有围墙的大学呢？

那时和妻刚开始谈恋爱，见面后的第六天，她向我提出一个条件——取得大专文凭。我对她是一见钟情，她就是叫我去读博士，我也会答应，何况大专文凭是当公务员的基本条件。就这样，在爱情的驱动力和工作的压力下，虽然我已30岁了，还是一口答应了。凭着破釜沉舟的决心，我走上了自考之路。

平时，我最喜欢双休日到九山河畔，坐在九山路对岸的石凳上复习。那里空气清新，环境幽静，特别适宜看书。当我学到史铁生《我和地坛》这篇文章时，觉得这个地方就是我的"地坛"，是特别为我预备的。

我也喜欢在同事都走了以后留在办公室里看书，打开台灯，四周一片安静，完全没有干扰，注意力特别集中，学习效果太好了，有时一口气看两小时才意犹未尽地回家吃饭。这时，学习对我来说已经成了一种享受。

2003年1月，我通过了第16门课程，8月终于拿到浙江大学颁发的文秘专业大专文凭。这时，我又有了新的目标，既然上路了，就趁热打铁，再上一个台阶，我报考了汉语言文学本科。

本科的课程比专科难度要大多了，此时我的年龄又大了几岁，记忆力也有所衰退了，只有加倍用功才行。有时实在太忙了，真想就此作罢，可是想到那几门已经通过的课程，放弃岂不可惜？于是咬咬牙挺过去了。这次4月考完后，身体特别疲倦，好几天才恢复过来，毕竟岁月不饶人啊！在五年自学中，我发明了一种记忆法，对一些很容易混淆的题目能够轻松地记住，这也算是我的一大收获吧！

今天，我还继续走在这条路上，前面还有5门功课在等着我。当走完这段路时，也许我又会找一个新的目标。

（发表于2004年7月9日《温州日报》，获得"感受自考"征文优秀奖）

应付自考的三个办法

我从 30 岁开始参加自考，到今年整整 6 年时间，在学习过程中，我不断摸索、总结，积累了一些经验，现在自考已经结束（10 月最后两门估分是通过的），我愿意把经验和大家分享，同时也作为对 6 年学习的一个回顾。

一是独立掌握大纲内容。自学考试就是考大纲内容的，所以只要你掌握了大纲里的内容，一般的话就不需要去参加学习班（长训、短训或是全日制的）。既然是自学，就应该借此培养自己的自学能力。我是先看一次书，初步掌握大致内容。看第二遍时做大纲内容，写在一本笔记本上，以后复习时就看笔记本，大概看个五六轮。考试前一两周看第三次书，为的是把一些角落里的小分题也能拿到手。做大纲内容题时，要尽量独立完成（即在书上找出相关内容），有些题目有一定难度，自己很难分析、归纳、总结，可以参考同步练习册上的答案，再用自己的话写出来，这样可以提高自学能力。具备自学能力是终身受益的。

二是多做试卷。我现在直接从网上下载试卷，把近几年的试卷全部打印出来，在复习大纲几轮后先做一次试卷，熟悉一下题型，看看自己能得多少分，也可以看出自己的大纲是否包罗试卷中的内容了，如果试卷里的内容在自己的大纲里基本上都能找到的话，说明大纲内容很详细了，考试就不用怕了。到考试前两三天再把试卷做一次，可以增强自信心。我觉得全国卷和浙江卷（正式考和补考）有些不同，全国卷基本上都在大纲里出题，但浙江卷有时比较偏，所以最好不要补考，如果想考得快些，1月和7月增考，最好不要考学分高的，否则难度更大。

三是字根表法。字根表法是我用以弥补记性不好、题目易混淆的遗憾的。这是一种浓缩记忆法。比如说要想记住整本书里有关特点的题目，就把所有这类题目全部集中在一起，每个题目写成几个字（一般是写每小点的头个字或最能说明问题的字），把这么多字按顺序排列好编成一首词，给它一个题目或一个中心思想（为了好记些）。我只要记住这首词，考试时遇到有关特点的题目就可以先背出这几个字，再根据这几个字默出几个句子来。要在大纲复习几轮后才写字根表，背字根和看大纲要同步进行，互相促进。不能只背字根表，否则即使写出字，也默不出相应的那个句子来。这种方法可以用于文科，但理科就不适用了。

我用这三个方法去应考，可以说是屡试不爽，专科、本科31门功课除1门补考外，全部一次性通过，平均74分，这样的成绩在很大程度上是得益于运用了好方法的。

（发表于2005年11月5日《温州日报》）

活到老学到老

报载一位女士 43 岁时想学文学，希望温州有所高校可以让她当个旁听生，以助她一圆儿时的文学梦。这位女士把自己的想法讲出来，这对许多处于同样状况中的中老年人是一个很好的激励。

很多人儿时都有梦想和爱好，但成年后或因为专业不对口而学非所用，或因工作太忙而忍痛割爱，或因家庭拖累而无法实施，只好在遗憾和羡慕中打发日子。转眼人到中年，事业有成，经济宽裕，儿女也外出求学了，生活的脚步放慢了，这时，梦萦魂牵的少年梦又向你招手了。但大多数人只是苦笑一下，摇摇头，自言自语："老了老了，哪还有记性，哪还有激情，算了算了。"然后就去打扑克搓麻将，或跳舞看电视了。有的人则把自己的希望寄托在儿女身上，让儿女去实现自己的梦想。

只有很少数人，老骥伏枥，壮志未已，潜心钻研，加倍努力，终于老有所成，梦想成真。

人到中年，只要工作不很忙，完全可以给自己定一个自学的任务，利用业余时间去学习，重温旧梦。同时可以丰富生活，让自己重新充满活力。

人到中年，家庭经济条件比起年轻时要宽裕多了，子女大学也考上了，空巢期如果没有一些事物去填补空虚，真的是很失落、很寂寞的，所以应该给自己找个事干干，让生活重新有目标，去享受成功的喜悦、收获的满足。

中老年人要想学习的话，比起以前条件要好多了，或去图书馆，或去买书，书多得任你挑选；或去上老年大学，或去参加自考，或在家里自学，可以自由选择。家里只要有一部电脑，一上网，天南地北任你遨游，百科知识任你涉猎，鼠标点点无所不能学。

你要是想写文章投稿，不用写了改，改了抄，还要邮寄，键盘打好字鼠标一点就完事了。中老年人生阅历丰富，思想成熟，这对写作是很有好处的，只要有恒心，终久会见报的。当第一块"豆腐干"新鲜出炉时，那种享受真是无法形容的。

即使一个人原本什么爱好理想也没有，也可以给自己设计一张蓝图，先去尝试一些新事物，从中发现自己擅长的是什么。国外一位 90 岁的老妇人，获得了 10 公里长跑冠军，她是在 78 岁才发现自己喜欢长跑的。在尝试中可以发掘潜在的才能，会给自己一个意外的惊喜。

我们真的要改变一下自己的思维定式，把很多"不可能"从自己的"字典"里删掉，让中老年阶段成为自己人生的"第二春"。你可以去弹钢琴，去练书法，去学画。当练习时，你完全不是现在那些小孩子被父母逼着练习的那种心境，而是一种乐在其中的享受；你也完全没有现在那些学生的艰辛和压力，而是一种轻松愉快的玩味。

古人说"活到老学到老"，有了这种学习态度，人就会一直保持年轻的心态，保持青春的活力，这对防止老年痴呆也是大有益处的。

为老有所学喝彩！

（写于 2005 年 10 月 1 日）

那些读书的日子

在我的书柜里，有一排十几年前读过的自考课本。每当看到它们时，我心头总是浮上一种自豪感。

那 6 年时间是怎样度过的啊！

1999 年 7 月 10 日，我和妻子相亲才 5 天，她就给我出了一个难题——去读个文凭来，理由很简单——"我接下来就要读大专了，你还是中专生，怎么行？"

面对这个无法拒绝的考验，在扔了书本足足 10 年之后，我不得不重新开始了读书生活。其实当时我也是非读不可的，因为单位要求我们必须是大专以上文凭。在倒计时的催逼下，我终于下定决心参加自考。而之所以选择最难坚持的自考，是因为我不想浪费时间和机会。

我报考的是文秘专业，这个专业大多数科目都合我的胃口，能学以致用，这是我能坚持到底的动力。

记得第一次是考《现代汉语》《普通逻辑》《哲学》。3 门课都是很抽象的，尤其是《哲学》，才看上 10 来页，就觉得大脑严重缺氧似的昏昏欲睡。当时的我，5 个月内要完成装修、订婚、结婚三件事，忙得不可开交，还得挤出时间看枯燥乏味的书本，这时读书已没有一点儿乐趣，纯粹是完成任务。随着 4 月底考试时间不断逼近，压力越来越大，焦虑感越来越强，但已无退路，唯有化压力为动力，使劲儿把短训班老师讲的重点塞进已是超负荷运转的大脑，死记硬背，先过关再说吧！

4 月 9 日，我的爱情终于开花结果。现在想来，当时我参加自考是一个多么明智的决定，让妻子看到我是一个有毅力且肯努力的人，为恋爱关系很快就确立铺平了道路。

过了 20 天，在走出校门 11 年后，我再一次步入考场，和一批不同级别的人同场较量（许多考生都是大学生或刚毕业不久的年轻人）。这半年既没有老师又没有好环境的学习，到底有多大的效果呢？

5 月底，当我得知 3 门课平均分数为 77 分时，简直不敢相信！在妻子面前，我的形象一下子高大了起来。要知道，她只考一门《现代汉语》，都要重考才考 60 分。

在大专毕业前，我再接再厉，报考了本科汉语言文学专业。2005 年 10 月考完最后一门，32 门课平均 74 分，只有一门 57 分需要补考。这十几张成绩单，我把它们当宝贝一样珍藏着，我要拿它们给女儿做高考动员的工具。

这 6 年寒窗苦读，是我一生最难忘的一段经历。这一门门功课是怎么拿下来的啊！多少次挑灯夜读，多少次晨更复习，多少次中午靠浓茶提神苦读，至今仍历历在目。上班时，手头的工作一干完，马上拿起书来；在家里，三下五除二干完家务，立即坐到书桌前。业余爱好不用说，全都放下了，连陪孩子、妻子的时间也几乎全让给学习了。

特别是考试前一周，简直就是在熬油，所有的精力都给熬干了。眼睛发酸发干，揉揉眼继续看；大脑昏昏欲睡，用冷水洗把脸，再用风油精抹抹太阳穴，让疲惫的身体继续学下去。此时学习已成生活的全部，往往一考完整个人就有一种虚脱的感觉，有一次甚至肠胃不好（可能因为太难考而心理紧张），那几天真是苦不堪言。书读到这个份儿上，简直就是在拼命了。

当然，我的收获也是巨大的。最大的收获莫过于自学能力的提升和学习经验的获得。考到后来，我就不再参加短训了，把大纲题目全部做好，一轮轮反复地看，同时从网上下载试卷反复考，还发明了字根表法记住关键字，屡试不爽。全部考完后，我把这些经验写成文章投稿给报社，供大家参考，也是给自己做一个总结。

2004年，我重拾荒废了十几年的笔，不断写文章向报社投稿，并一直坚持参加各类征文比赛。十年冷板凳坐下来，我获得大大小小的奖项有四五十个。这两个自考文凭，对我来说绝不是一个空摆设啊！

现在，我还常会想起那一幕：6点多了，单位里早已空无一人，我才恋恋不舍地放下书本回家，虽然饥肠辘辘，却是非常满足，整个人处于一种比赛时的兴奋状态中。骑车回家的路上，我看着万家灯火，感到生活特别充实。

什么时候能再回到过去读书时的生活，该有多好啊！

（发表于《墨池》2014年9月期）

老夫聊发读书狂

　　苏轼写《江城子·老夫聊发少年狂》时才 38 岁，就自称老夫，有些过分，叫那些年过花甲的人该如何自称？

　　我 46 岁考心理咨询师三级证书，49 岁时考教师资格证书和中级社工证书，老夫聊发读书狂，则一点儿也不过分。当然，我和周有光老先生一比，则还是小孩子。

　　2017 年，111 岁的周有光先生在刚过了生日的第二天去世。对于这位老人，我从心底里充满了钦佩。据张森根介绍，周有光迄今为止出版的 40 多本著作中，约有一大半是在退休之后完成的。2005 年，100 岁的周有光出版了《百岁新稿》，2010 年出版了《朝闻道集》，2011 年出版了《拾贝集》。周有光的新人生从 80 岁开始，85 岁时他忽然发现自己处于深井的底部，"井外还有一个无际无边知识海洋，我在其中是文盲，我要赶快自我扫盲"，于是每天看书学习。他有这么多著作出版，与此是分不开的。而我人生的下半场是从 45 岁开始，我想要帮助更多人，但学到用时方恨少，我越来越感到要学的东西太多，所以我开始了充电。

2016 年 10 月，我去杭州参加心理咨询师培训，这个培训班是省禁毒办组织的，我们街道的禁毒社工没去，我就把这个机会抓到手了。到了那里一看，大多是 30 来岁的年轻人，七零后的没几个，比我大的大概没有了。相比于这些八零九零后的同学，我记性差，怎么背得下来这么厚的教材啊？老师说考试时全班坐一个教室，可以互看，同学们觉得容易过关，上课时也就不怎么听了。但我是想掌握真才实学的，因为早几年身边有些人去考证，现在都开始做公益咨询了，我错过了上次的机会，这次不能再错过了。那几天里，我足不出户，晚上他们都到外面玩，我把自己关在房间里复习。那时 G20 刚结束，杭州美不胜收，但我舍不得浪费宝贵的复习时间，白天刚教过的遗忘曲线明明白白告诉我当天复习效果最佳，我不马上复习岂不是一个大傻瓜？

考前去杭州复习一周，刚到，老师就给我们报恶信，前几次培训班作弊太厉害了，这次并入其他考场。大家一听都傻了眼，有人干脆放弃了。我给桌友们打气，也给温州帮打气，不要怕，好好复习，还是有希望的。于是，大家背水一战，我这个学霸带了好头，大家就拼命复习，有人甚至看到半夜两三点。最后我们温州帮大多过关，全班第一名是龙湾的，第二名则是我。

心理咨询证书考到后，我又参加天音免费心理咨询机构的周三下午学习，完整学习了《认知疗法》，还有其他课程。

我还不断寻找机会给人提供咨询，提升自己的实战能力。

2017—2018年，我还跟一班网友在网上学习小说写作。这是个读写会，每两个月读一篇名著并讨论，再写一篇小说并讲评。这种网络学习对我的写作还是挺有促进作用的。

今年1月6日，我给自己定下了年度目标——要考教师资格证和社工证，为提前退休干公益做好准备。当老师曾是我的志向，中专毕业时我就想留校，只是那次没留成，现在终于可以一圆教师梦了。而社工更是今后社会最需要的一个行业，这个证我是必须拿到手的。以前我也想过考这两个证，但一直没行动，这次我下了决心。

教师资格证书是3月初考试，社工证是6月下旬考，半年时间考6门，真有些难啊！

1月19日星期六下午，我到学院路老的温州师范学院报名，然后去剃头，因为人多，我就边等边看带在身边的教材，这是第一次看教材。三大本教材共有1000页，A4页面，从头看到尾就要50个小时。白天上班没心思也没时间看，只能是双休日或晚上看。坐在孤灯下，房间里没开空调，冷丝丝的，我就把棉睡裤披在大腿上，这样暖和些。看到教材内容这么好，我为自己现在才去考证而后悔，不然的话，我早就可以用这些知识帮助正读高一的女儿和那几个自考的孩子了。

3月9日上午，我到了新田园那边的第二实验中学，上午考1门，下午考2门，每门2小时。中午没回家，就在学校附近的公交站头吃带来的面包，吃了马上复习。考前复习是最有效的，所以我分秒必争。6 点钟考完出来，天已经全黑下来了。

这次考试，我明显有些力不从心。3 年前考心理咨询师证时，觉得自己比起同场的年轻人还不怎么老，这次明显感觉脑力衰退。上午考的是综合素质，等我开始写作时，时间只剩下半小时了，只能草草成章。前面花的时间太多，说明大脑运转速度下降。下午，我逼大脑加速运转，马上觉得有一种紧张感。没有午休，又连续车轮大战，精神疲累，考语文学科知识时，懒得多想，简答题就随便写写了事。4月成绩出来，语文学科知识果然挂了，差了 5 分，如果当时简答题写得丰满一些，这 5 分也许就可以挣过来了。另外两门都过了，分别是 87 分和 72 分（120 分制）。

一考完，我立即投入社工证迎考中。3 月 11 日，我就开始看借来的教材。我感觉这些内容非常有用，如果早十年看到这些内容，也许我的公益项目早就启动了。

6 月 22 日下午，去梧田第二中学考法律法规，同事说这门最难考，所以我花的时间特别多，考后感觉能过。夜里醒来，睡不着，过了一个小时才睡着。第二天上午考综合能力，觉得很难考。中午在蟠凤公交站吃面包，争分夺秒地看书。下午考实务，走出考场，很累，但如释重负。

两个月后，终于分数揭晓，法律法规 67 分、综合能力 61 分、实务 60 分（100 分制），踩线过关，真是太高兴了。天音组织参加中级考试有 40 来人，没有一个过关，我如果放在天音里算，那就是 2.5% 的通过率。而我单位里组织的，也没有一个人是 3 门一次性过关的，都是考了两次才过（这次只补考一门）。

11 月 2 日，教师资格证书学科补考，这次我考的是思想政治科目，因为普通话测试我只拿到三甲（只有 73 分），而当语文教师必须二甲（87 分），一般老师要二乙（83 分）。我的普通话实在是太差了，读书时不认真学习生字，吃了大亏，虽然这些年慢慢在进步，但仅靠考前突击是远远不够的。

当思想政治老师，虽然不能满足我的文学育人理想，但德育是现在学校最薄弱的环节，所以我要去攻坚。而学习这门课时，我发现它确实是一门高深学问，怎样把学生最讨厌的说教变成有效的循循善诱，是需要继续深入学习的。

这次虽然只考一门，但我仍是全力以赴，考后感觉应该有 110~120 分。这两次教师资格证书考试，我都采用了以前自考时发明的字根表法，克服年龄大了记性不好的劣势，考的时候有底气多了。

明年 1 月面试、普测，我相信也会轻松过关的。三证到手，并不意味着我已经具备助人的资格，学无止境，我要继续学习，把学到的好方法用于实践。

读书到底是为了什么？如果是为了一份好工作，我根本不需要再去读书了。如果只是为了满足求知欲，我宁可立即学以致用，也不愿只学不用浪费时间。如果是为了帮助更多有需要的人，那我不得不挤出时间，去学习我尚未掌握的知识。

要想老有所为，只能聊发读书狂，让知识不断更新，才能适应新时代。自从 30 岁开始自学考试，苦读 5 年取得大专和本科文凭，尝到读书的甜头，养成终身学习的习惯，我就要求自己活到老学到老，并学以致用。往后，我会像周有光一样，把一生之学来与人分享。

（写于 2019 年 11 月，发表于《温州读书报》2020 年第 1 期）

婚　姻

妻子是我的驾驶教练

"婚姻就像一座围城，围城外的人想进来，围城里的人想出去。"钱钟书《围城》中的这段话，应该说是对婚姻的一个绝佳比喻，道尽了人生的无奈。

在进入围城将满 10 年之际，当我回首这段酸甜苦辣咸五味俱全的两人生活时，却觉得婚姻没有钱老说的那样消极。

我和妻相识于某教会，经负责人介绍开始谈恋爱，于教堂里举行婚礼。外人看来，我们很匹配，很幸福，很多人都羡慕我，但是个中滋味只有自己知道。

由于我们俩个性都很强，很多观念上都有很大差距，所以经常会发生争执，针锋相对，互不相让。有时为了一点儿鸡毛蒜皮的小事，争得面红耳赤。吵过之后，两人都很生气，都觉得对方不可理喻。

这些年来，妻常说，与其这样硬凑合在一起，不如离了。我嘴上说不离，但冷静下来想想，长痛不如短痛，长期这样争吵下去，生气下去，可能会得癌症。

但再一想，离婚表面上看是一种解脱，但如果不找出导致离婚的自身原因，只一味指责对方不适合自己，那么再婚后肯定还会出现类似的情况、相同的结局。难道，再离一次、二次、N次？

所以，多少次在痛苦得无法忍受时，我还是坚定地对自己说："决不能离婚！"

每当烦恼透顶时，我就换一下思维。我想，婚姻不是围城，而是一所驾驶学校，在这所学校里我要学会如何更好地驾驭自己这辆车。两个人朝夕相处，取长补短，在磨合中不断克服自身弱点。这个功课是在其他地方没办法学的，也是非学好不可的。在单位里，或在亲友圈里，我如果和某人无法相处时可以逃避，但在家里，我是无法逃避的，只有学好了，才可以和睦和谐。在家里如果能和很难相处的妻子相处得好，到了外面，和任何一个人相处，就都很容易了。

所以，我把妻子当作驾驶教练，如果没有教练，我当然也能学会开车，但会走很多弯路，甚至会出事故。这个教练虽难以伺候，但我要想早点儿拿到驾照，就必须配合教练。

当我调整了自己的心态，愿意当一个配合的学生时，我发现教练也变了。

（写于2010年3月26日）

有人喜欢过我

昨天，妻忽然问了我一个问题："有人喜欢你吗？"马上又追加了一句："必须是比较优秀的女孩。"

"当然有了。"

"你也有人喜欢啊？"

"为什么我没人喜欢，我这么差啊？"

"你看看你这个样子，哪个优秀的女孩会喜欢你？"

"就是你喜欢我！"

我们说话时，女儿正在旁边，温州话她有些听不懂，就问我们在说什么，我们不告诉她，她只能猜测着。

"我才不喜欢你！"

"妈妈，你说不喜欢爸爸？"女儿大概听懂我们在说什么了，接上了一句。

"你不喜欢我？那你怎么会嫁给我？"

女儿也跟着说："妈妈，你不喜欢爸爸，为什么嫁给他？"

　　"我也不知道为什么会嫁给他，大概当时是眼睛模糊了。"

　　妻子的话，实在是提醒了我。

　　12 年前，妻子是我的瞄准对象，只是那时她还不想谈恋爱。

　　10 年半前，妻子终于答应和我谈恋爱了，我欣喜若狂。

　　那时的她，完全可以继续等候白马王子出现，却愿意和我牵手一世，因为她能答应我，我要多么感恩啊。

　　不管怎么说，结婚是喜欢一个人的结果。

　　不管婚后怎么样，喜欢总是曾经有过的，这是推翻不了的事实。

　　所以，尽管有这样那样的摩擦，磨合的时间好像是无休止似的，但是，只要一回想起那时的甜蜜，总能叫我们咽下那口难以咽下的气。

（2010 年 4 月 6 日博文）

育　儿

做让孩子崇敬的父亲

前几天，看到《温州日报》教育版上《父亲不能缺席》一文，深有同感。

有个父亲曾戏言："在家里，妻子老大，女儿老二，小狗老三，我是老四。"我想，许多父亲都有同感。其实，这是当爸的在许多方面自动退席造成的，怨不了别人。父亲应该认识到，自己对儿女的教育有着比母亲更重大的责任，父亲和母亲应从不同角度发挥不同作用。

作为一个父亲，我对自己的这一身份感到无比自豪，同时对自己陪女儿时间不多而深感内疚。我常想，我该如何使自己在最短的时间里给女儿以最大的影响呢？

我选择在做人道理教导、身体锻炼及心灵训练方面尽自己的责任。对于女儿的不良习惯，妻总觉得孩子还小，不必太过认真，我却不会轻易放过，"三岁看到大"，儿时的坏习惯往往会一生相随，如果不马上纠正，就会对孩子造成不可逆转的影响，所以我总是严格对付她身上的任何不良苗头，虽然因此常和妻发生冲突，但我坚持自己的标准不肯放松。

女儿2周岁时，我就开始在她身上实施我从陈独秀那里学来的"兽性主义"教育方针，培养她的体育兴趣，锻炼她的胆量和毅力。我让她吊在单杠上，双手放在她肋下，直到她力气用尽了掉下来时，我再抱住她；教她爬太空球、爬肋木，训练她的手脚协调能力。4周岁时，我就托着她在云梯上攀爬，她能爬上铁链网的顶端，然后大叫："爸爸看，我比你高。"5周岁时，我让她吊在我的手指上蹦上压腿架，并牵着她的手在上面练习平衡走。我还让她爬上高高的柱子，用手机拍下录像给她看。现在6周岁的女儿，与同龄女孩相比，对体育活动的兴趣更大，不管到了哪里，只要一看到体育器材就想上去玩一下，而且胆量也特别大，像个小男生。

运动让她认识到自己的潜能，并对自己有了更高的期望。如果这种效应被运用到学习中去，而且一生中不停运用下去，将会对她的人生形成一种怎样大的催化作用啊！我想通过运动来训练她的心灵，来塑造她强健的人格力量，这应成为我今后教育女儿的一个切入点，比起纯粹的说教，这种方式更有效，也一举两得。

我盼望有朝一日，女儿会为有我这个父亲感到由衷的自豪，她会发现自己获得的成绩来自于父亲平时给她一点一滴、潜移默化的教导，她会感激父亲自幼给她的所有的影响。我以做一个令她崇敬的父亲为我人生中的一个伟大目标。

　　我相信，如果你的孩子崇敬你，你一定会是一个优秀的父亲，你的孩子也一定会成为一个令你骄傲的孩子。

　　　　　　　　（发表于 2009 年 4 月 6 日《温州日报》）

让孩子在家里轻松一些吧

看了《温州日报》3月17日教育版一篇《在竞争中，我们失去了什么》的文章，我沉思了许久。作者是一位老师，列举了她在讲座上听到的一个过度竞争的案例和她亲身经历的一个学生案例，这两个例子让我触目惊心。

我想到了正上一年级的女儿，上学期她在小红花榜上一直名列下游，妻子就说女儿这不如人那不如人，使得女儿很不开心。

说实话，多几朵小红花也没有什么，但是，妻子把这事端到台面上来，对此我很不以为然。

我认为，如果从小学一年级就这样激烈地竞争，就上足了发条，开足了马力力争上游，孩子也实在太苦了。孩子不应做赛场上的幼年赛马，大人也不应当赌赛马的人。

以前，妻子也不是这样的。她和我一样，不给女儿学习上的压力。女儿上的是温州师范学院幼儿园，因为有学英语，除了集资费，三年还要多缴9000元，我想她到头来大概只记住几十个单词，只学会几首英语歌，而且现在已经全部还给老师了，算一下平均一个单词、一首歌要花多少钱啊！我觉得心疼，觉得她浪费了我们这么多钱，但妻子不这样认为，她说那里环境好，女儿在那里很快乐，这钱还是花得值。我想想也是，只要她快乐，多花就多花吧！将来反正是要再学英语的，何必提前使她成为学习的奴隶？也就不再为过去没有好好盯她复习而遗憾了。

这些年，我们没有送她去学这学那，只为她在幼儿园里报了一个兴趣班，一个星期两个晚上，她学了两年的画画也没什么进步。当她不能达到我们的期望时，我们也不生气苛责。童年，应该是让孩子尽情玩耍的时光，应该是让孩子像天上的鸟儿一样自由飞翔的时期，孩子不应该为了满足我们的期望而承受无谓的压力，忍受不必要的内疚。

女儿上学后，妻子看到别的父母给孩子报名参加各种学习班，她也按捺不住了。见我仍不动声色，怨我一点儿也不关心孩子前途。我说，现在不让她玩个够，以后她就没时间玩了。后来，妻子还是给女儿报了一个小主持人兴趣班，说要让她胆子大一些。我想这反正也是玩似的，也就同意了。

我知道她玩乐的时光将越来越少，所以，现在就要让她尽量多玩些，当她到了必须开足马力的时候再让她收心，这样她就不会怨我了。

我会告诉她，不管她将来学习怎样，不管她在各方面有没有出色的表现，只要她努力了，就行了。

　　我也会告诉她，每个人的自身条件都是不同的，每个人所处的环境也是不同的，所以不必和别人相比，不必去做别人做的事，只要做好自己就行了。

　　父母对孩子的爱，应该是无条件的，只因为他（她）是自己的孩子，所以爱他（她）。这才是真正的爱。

　　家，应该是孩子在外面拼搏一番回来放松和休息的地方。父母不能改变外面的环境，但至少可以让孩子靠在自己身上安歇一会儿。

　　在这样的家庭环境中成长的孩子，往往在人生的赛场上会有正常的发挥，会给父母一个惊喜。

（写于 2010 年 3 月 18 日）

和女儿跳舞想到的

女儿今年 6 岁，正在上大班，晚上在家一个人玩的时候，喜欢边哼歌边跳舞。当我没事时，她会拉着我叫我和她一起跳，我也乐得和她转几圈。女儿有时叫我学她跳，我就和她面对面相隔一米站着，她举臂抬腿、跳跃拍手，俨然一个小老师，我要做得一丝不苟、十分到位，她才满意；有时她则学我跳，我只能像个机器人那样做着简单僵硬的动作，她却一本正经地跟着做，就像在幼儿园里跟老师学做操那样，专注而认真。我们父女俩就这样快乐地跳上 10 来分钟，每次她都意犹未尽，乐不可支。

看着女儿可爱的动作，听着她脆脆的童声，我常常在想，女儿真是一个小天使。每次和她在一起时，我都倍感幸福。和她相处时，我看到人性里最纯最真最美的东西。

有时想想人的成长实在是一种退化，人越是长大，善的成分就越减退，恶的成分则越增加，这实在是人类的悲哀。

　　这里就有一个问题，既然父母相对孩子来说在人性的纯真方面是大大退步了，他又怎么配来教育引导孩子呢？说实话，父母确实没有资格当孩子的老师，除非他（她）能先让自己返璞归真。

　　每个人一生中都有一段时间和自己的孩子相处，这段朝夕相处的时间，其实就是让人反思自己、改变自我的。父母和孩子相处时，两者之间应该是一种平等的关系，孩子向父母学习，父母也向孩子学习。父母在某些方面是孩子的老师，但在某些方面又是孩子的学生。只有这样认识自己、自我定位的家长，才配当一个家长，才能成为一位合格的老师。当家长以孩子的真善美来校对自己的行为，并做出相应改变时，他才能在孩子心目中树立起高大的形象，成为孩子的楷模，让孩子自觉地效仿。

　　所以，我对自己说，你要变成女儿的样子，你要像和她跳舞时观察她的一举一动那样，来学习她那出自本性的纯真和善良。

　　只有当我变成她的样子时，或者说只有当我下定决心要努力变成她的样子时，我才能身正为范，用我的经验和知识来教导她。

　　总有一天，我们会看到这种努力给自己和孩子所带来的效果。

　　　　　　　　　　　　　　　　　　　　（写于 2009 年）

没人喜欢的学生

晚上，女儿和妻子说，班里有个同学人气极差，该怎么办？

我问女儿，为什么会这样子？

她说，因为他脏兮兮的，这么大了还会流鼻涕；因为他会说谎，还会在女同学面前哭鼻子；因为……班上每个人都不喜欢他，看不起他，连那个智力低下的同学也欺负他。

我说，你呢？

女儿想了想，说，我都没挨近过他。

我说，不许你看不起他。

我又问，他爸妈呢？

女儿说，他们在外国。

我听了，心里很是沉重。这个孩子的童年真可怜，没有父母的陪伴，又没有一个同学对他友善些，大概老师也不会给他一个笑脸的。才 10 岁就遭受白眼，心理怎么可能健康呢！

这几天，从北京到杭州，笼罩在大地上的雾霾，让我们身体倍受无形之伤害。而孩童间的阴霾，岂不同样给幼小的心灵带来无法挽回的伤害吗？

我对女儿说，爸爸哪天去你学校里和那同学谈谈话，好吗？

女儿说，不要。

我知道，她有所顾虑。

我也很想和老师说说，让她在班上能读一读《爱的教育》里的一些段落，好让这些孩子知道，人和人之间应该怎样相处。

回想起当初第一次读《爱的教育》时，是多么向往弥漫在字里行间的纯洁友爱的情感啊！

如果有那样的情感从小就存在于我们孩子的心里，伴随他们长大，那该多好啊！

（写于 2013 年 10 月 21 日）

家有小女常咳嗽

女儿咳嗽已经有一年多了，从去年 10 月开始，断断续续，时好时坏，反反复复，着实考验我们的耐心。中药、西药、土方，什么都试过，但都不能一招见效。

刚开始时，我们很紧张，总想马上治好，生怕时间拖长了会变成慢性气管炎。可到了现在，麻木了，无所谓了，反正治好了很快又会再来一次，干脆随她咳算了。

记得去年 12 月，女儿咳嗽已经两个多月了，我看她还是不见好，怕会成了百日咳，听老人说过去孩子咳嗽是吃麻雀的，于是到处找麻雀，问遍了整个将军桥花鸟市场，最后才在妙果寺花鸟市场里发现唯一一家还有麻雀的店，把 5 只麻雀全买下来，回家马上烧起来给她吃，可她偏不吃，只喝了汤，结果可想而知，根本没有效果。

女儿咳嗽时经常会引起呕吐，特别是夜里睡着时，把床上吐得一塌糊涂，害得我第二天早上要洗一桶的被单。闻着那股酸臭味，洗着滑溜溜的被单，心里特别能体会父母当初养育我们四个的不容易，真不知道他们那时是怎么熬过来的。

女儿今年 7 月咳嗽还引发了哮喘，真是雪上加霜，医生说搞不好会终生发作，这可把我给吓坏了。我认识一个阿姨，她那时哮喘特厉害，给我留下很深的印象。吃过药，总算治好了，此后我们就小心翼翼地照顾她，不敢给她吃冰冷的食物。几个月来，我们一直都是提心吊胆的，一直祈祷她的哮喘别再复发。

这一年陪她走来，心里只有一个愿望，就是她的体质能强起来，别再做一个老病号。我们深深体会到，只有健康才是真正的福气。

后记：这篇文章是六七年前写的，现在女儿体质好多了，哮喘也没有再发作。每当想起那段煎熬的日子，那种焦虑感记忆犹新。可怜天下父母心，但愿我们都能孝敬父母！

（写于 2013 年 10 月 29 日）

多陪孩子一会儿吧

有些人饭局特别多，孩子难得和他吃一顿饭。对于这些人，我实在想不通。

一家人一起吃饭，虽然只是普通得不能再普通的饭菜，但对我来说，却是美好的享受。只要能看着女儿吃饭，即使没有一盘下饭菜，我也能吃得津津有味。

许多人迷恋明星，明星的举手投足，都牵动着他的视线。同样，女儿的每个动作，在我眼里都是那么可爱，明星范儿十足。和她在一起，我总感到自己是世界上最幸福的父亲。

女儿从小到大，除了很少的时候（比如我晚上值班或外出），我都陪她吃饭，看她吃得那么香，我也吃得特别香。陪她做其他事情的时间真还不多，但陪她吃饭的时间是够多了。

因为后悔失去了许多陪她的机会，所以我要求自己在吃饭时一定要陪在她身边。

现在，每天早上女儿上学，我也会陪她走七八分钟，聊聊天。

我知道，陪女儿吃饭和上学，都是陪一次少一次了。过几年，她会离家住校。再过几年，她要结婚嫁人。那时，我也会像妈妈打电话叫我去她那里吃饭一样，念叨着她什么时候能回家一趟。

妈妈常叫我去她那里吃饭，虽然跑过去吃一顿饭确实麻烦，但我还是会过去，吃完饭，陪她在江边散一会儿步，聊聊过去的事。我知道，陪她吃饭散步，是陪一次少一次了。

妈妈好几次对我说，我小时候曾寄养在一户人家里，有一次她在厂里受了委屈，就跑到那户人家看看我，一看到我可爱的样子，她所有的委屈就无影无踪了。

和天使般的孩子在一起，心情会变得像天使。

当我们在外面累了，受委屈了，小天使让我们回家后能享受一下天伦之乐。在孩子的笑脸里，我们的心灵得以重新绽放。

饭局多的朋友，对于孩子重要还是客户、朋友、领导重要这个问题，还纠结吗？

（写于 2013 年 12 月 19 日）

向杜老爸学习

2013 年 12 月 24 日，南京工业大学大一女生杜慧颖下课后，走到厚学楼，突然看到前面有一位圣诞老人，又发现圣诞老人的拉杆箱是她家的，过去一看，圣诞老人原来是爸爸！她当场泪奔。

50 多岁的杜先生，因思念女儿，想出这一招，让女儿看到了一个父亲最温馨的爱！

看了这个报道，我也很想学学杜老爸的样，给女儿一个爱的惊喜。

很多时候，我总觉得自己对女儿的那份爱，女儿好似感受不深。虽然比起我父母，我表达爱意的方式已经进步了不知多少倍，但女儿好像不领情，她总觉得我没有她妈妈那样爱她。

妻子表达爱的方式比我丰富，既常买东西给她，又常陪她出去玩，女儿对她自然比对我要亲得多。

我想，也许我只有走杜老爸的路线，才能追得上妻子。

　　我们做父母的，是不是应该让大脑多碰出一些火花来，好让我们的孩子能在一个美丽的童话世界里长大？

　　还有，对父母呢？对妻子呢？如果只用老一套，年年岁岁都送差不多的礼物，都说差不多的话，生活是不是太沉闷了？

　　爱，如果用出其不意的方式表达，就能收到意想不到的效果。

　　爱，能让人灵感泉涌，想出常人无法想到的金点子。

　　下次，我们就多动动脑筋，多想想点子吧！

（写于 2014 年 1 月 2 日）

真正的爬山

早上陪女儿走在上学路上，说放假后带她去爬山，她说自己不要走台阶，而要真正地攀登，就像 6 岁时在海坛广场爬的那次一样。

那次，我带她在山坡上寻了一回刺激，她一直没有忘记。

我跟她说，我小学时爬过积谷山的树根，我很感激那次老师让我勇敢了一回。

那时，我大概是三年级。那天上午，老师说全班到中山公园爬山，我们五十几个人就像鸟儿出笼那样飞到积谷山下。老师带我们到了池上楼对面，那边有一口井，井旁边就是一面七八米高的笔直岩壁，壁上刻着 3 个字 "气如虹"。崖顶长着几棵大树，树根有杯口粗，附着岩壁蜿蜒而下，扎入地里，大概经常有人爬，树根像树干一样光滑。

老师要我们抓着树根爬上去。他给我们打气说，你们都别看它这么高，其实很容易爬的，大家挨次往上爬，不要往下看，不要停下来，这样全班就都能爬上去了，男同学先爬，女同学随后，谁最勇敢，谁打头阵。

一个胆大的男生自告奋勇，敏捷地爬了上去。其他男生都排成一队，手脚并用地爬着。轮到我了，我握住树根，抬头看了看崖顶，好高啊，能爬上去吗？略一犹豫，后面的同学已经在推了："快点快点！"我只好咬牙开始爬。到了中间位置，脚找不到可踩之处，心里有点儿慌了，怎么办？上不去，下不来，两手死死攥着树根，听着下面的同学叫"快爬快爬"，我想自己决不能卡在这里，不然下面的人就都上不去了。左看右看，总算看到一个落脚点，但位置高了些，于是使出吃奶的力气，总算爬上去了。

当我站在崖顶时，心里觉得无比自豪，我成功了！

后来，我还根据那次经历写了一篇作文。

现在一想起那时的情景，我心里还是有些激动，如果不是老师带着我们爬，我们班那时肯定没几个人能爬上这么高的岩壁。

现在的孩子，几乎没有这种冒险的可能了，但我还是很想让女儿适当地冒一下险，而我，也会像当年的老师那样，伸出双臂在下面保护她。

小时候的一些经历，往往会影响人一辈子。我所能给孩子的，也许就是这些自己曾经经历过的。

（写于 2014 年 1 月 7 日）

姐弟比赛

昨晚，姐姐带侄儿到我家里，让我照管一下。女儿作业做完了，我就带他俩到小区里锻炼身体。

侄儿比女儿小几个月，也是念二年级。我让两个小家伙比赛。

第一个项目是比在单杠上吊的时间，女儿经常吊的，所以两次都能吊上一分多钟，而侄儿才五六秒就自己跳下来了。

然后比踩自行车，站着踩，女儿一分钟踩了120多下，侄儿只踩了60多下，还两次从踏板上掉下来。

第三项是仰卧起坐，女儿做了35个，侄儿只做了5个就要用肘支撑，我就叫他停下来了。

连输三项，小家伙有些挂不住面子了，好在第四项时他总算扳回了一局。

第四项是骑马，一分钟时间，女儿比他少了十几次。

侄儿的体重比女儿要重多了，却1：3败下阵，说明我平时带她锻炼是有效的。

我想侄儿经过这次比赛，也许会开始注重锻炼了。以后，他俩再次聚首，我还会让他俩再赛一次的。

女儿不管是吊单杠还是做仰卧起坐，都是尽其全力的，我希望她在做每件事上都是这样。

妻总说我不该让女儿这样练，说女孩子练得这么粗干吗？我却一笑置之。

我能给女儿的，除了信仰，还有什么比一个好的身体、一种顽强拼搏的精神更好的呢？

运动是我们的一项权利，我们岂可随意剥夺孩子的这项权利？

（2010 年 11 月 30 日博文）

不断超越的女儿

妻子开店，让我有了陪女儿锻炼的机会。以前，这个机会我是不能奢望的。因为妻不大让我带她下楼去，她也懒得下楼，只想坐在那里看书。

爱看书当然是好事，但是，如果变成书呆子，那可不妙。我希望她头脑和四肢都是发达的。

现在，饭吃完不久，我就拉她下楼去小区锻炼，这已经养成习惯了。

女儿昨晚吊单杠的时间又多了几秒。我说，你现在是数到 800 了（我给她数数），过几天就 900、1000。我相信，她有这个能力。我希望，她将来成为一个不断超越的人。

孩子的潜力越早开发，对她的自信心越有好处。当一个人认识到自己是可以做大事的，他其实已经开始在做大事了。

昨晚，我试了一下四肢着地在房间里爬的锻炼方式，以对付腰椎痛，这是濮存昕介绍的健身法，据说效果很不错。

我来回爬了两圈，就觉得吃力了。想到平时我抱住女儿的腿，让她在地上当拖拉机开，她可比我厉害，来回好几趟还能吃得消，如果我也这样爬的话，早就气喘如牛了。女儿在实在吃不消了时，才让我放她下来，那股劲儿，我一直很欣赏。

许多时候，我觉得她像男孩一样，甚至比男孩还要有韧劲儿。

我相信，女儿将来一定会有出色表现的。

（2010 年 12 月 1 日博文）

女儿做了 120 个仰卧起坐

这个星期前三晚都没在家，只有今晚在家，给女儿弥补一下吧！

女儿还记着和她堂弟的比赛。那次，她输了两项——跑步和立定跳远，一直想要扳回来。当然，她是赢多输少，赢了四项。

下了楼，她像一只出笼小鸟，手舞足蹈地在前面走着。

先立定跳远，然后就是几个保留项目。

我对她说："上次在家里沙发上做了 100 多个仰卧起坐，今天在这里做做看，看你能做多少个。"

以前在这里，她最多也只做 40 个。我想，上次之所以能做到 100 多个，是因为沙发比较软，还有就是因为学校布置了锻炼任务，所以她想尽量多做一些。而这里的器具是铁制的，她可能会做得少得多。

我把她的羽绒衣放在器具上，这样她的头碰上就不会疼，然后按着她的双脚，她就开始做了。

刚开始时，她有点儿心不在焉，我也没有认真数，我以为她最多不会超过 40 个。

可是，她慢慢地认真了起来，于是我就从 20 开始数。当我数到 50 时，她大概想和上次比一下了，呀呀叫着，一个劲儿地做下去。

到了 80 个、90 个，她还没停下来的意思。而且，脚往上抬的力量很大，我有时都难以按住。我说："宝宝，今天你吃了牛了！"

110 个了，她还没结束的样子。妻子打电话过来，我说陪女儿在小区锻炼，让女儿也说一句。女儿说："妈妈，我做了 100 多个仰卧起坐。"

小脸蛋上满是自豪。

做到 120 个时，我说："好了好了，下次再做。"她这才罢休。

真是意想不到！

如果她学校里有仰卧起坐比赛，我想冠军非她莫属。如果以后对她提要求，就要难度大些、标准高些，这样，她才更有动力，也会给我更大的惊喜。

孩子是最容易被激发的。

（2011 年 2 月 24 日博文）

给女儿的信

以下的信录自写给女儿的笔记本上。在笔记本的扉页上，我写道：

这本笔记本是记录女儿从出生到 18 周岁经历的文字，具体内容是女儿每年的大事，我对她所说的话、所抱的期望。当女儿 18 周岁生日那天，我将把它作为生日礼物送给她。

2003 年 4 月 30 日

（一）

亲爱的宝宝：

晚上吃饭时，妈妈告诉爸爸，下午抱你去卫生院打预防针时，看见一对外地夫妇抱着刚出生的婴孩也来打乙肝疫苗。那婴孩全身包着毛毯，不一会儿就脸色乌青了，真是可怜！我们分析可能这婴孩是在家里接生的，才会在刚出生就到卫生院打疫苗，看样子他的父母缺乏基本的护理知识，这么热的天气还让婴孩包着毛毯，以致婴孩脸色乌青。既没有钱，又没有医学知识，这婴孩在父母手里真不知道要受多少苦啊！还有许许多多的孩子，他们和你同样的年龄，生活在极度的贫困之中，比如非洲的一些饥荒国家，他们没有最起码的生活条件，只能在哭泣中挣扎，多么可怜啊！

而你，生活在一个舒适的环境中，有自己的小床，有这么多漂亮的衣衫，每天吃得饱饱的，有大人陪你玩、逗你笑，有爸妈为你祷告，你是多么幸运啊！你以为这一切是你必须具备的吗？如果你这样认为，那么那些不具备这一切的婴孩为什么不能具备呢？他们和你是一样的，你又为什么比他们要幸运呢？爸爸不是说要你一无所有，只是希望你能有一颗同情心，面对一个同龄人（当然更应该说一个同类），你要想一想，你所拥有的他也有权利拥有，你若有能力就应该来帮助他改善生活状况。

爸爸今天看见一对夫妇，他们是乞丐，女的还是痴呆，爸爸心里真想有能力收留他们，让他们活得有尊严些。我们不能让世界上的悲剧都消失，但我们总要尽力去做一些事，你说是吗？

父亲

2003 年 9 月 17 日傍晚

（二）

亲爱的宝宝：

上个星期五，妈妈抱你去可亲可爱照相馆里拍照，周二拿来了三张照片，其余的留在店里制作相册。第一张照片上的你头戴一顶黑边帽，真像一个老太婆，一副憨厚的样子，那笑是多么天真无邪，那眼神是多么清纯可爱。第二张照片上的你，则像个光头小男孩，抓着一副眼镜，在振臂高呼，好像一个演讲家在大声呼吁。第三张照片上的你，瞪着溜圆的大眼睛在笑，是不是看见什么特别滑稽的东西在逗你？爸爸平时都没看过这么漂亮的你，现在看了照片真是爱不释手，那些留在店里的肯定是更加漂亮的，巴不得能早一天看见。

其实，每一个孩子在父母眼里都是最美的。他（她）是父母的小天使，是纯洁如水、晶莹透亮的明珠。父母虽会人离开孩子，心却总是想着孩子，每当一想起孩子时，那种甜蜜的爱就会涌上心头，滋润着干涩的心，一切疲累都烟消云散。为了孩子，苦点累点算什么，看着孩子一天天健康地成长，心里是何等安慰满足！孩子啊，你能想象得出你给我们带来多么大的快乐吗？

爸爸把第一张照片放在办公桌的玻璃板下，工作中途停下手上的活儿看几眼，这是爸爸最大的快乐，仿佛你就在面前，在对爸爸笑。眼睛看倦时，看看你的照片，最养眼了。

宝贝，你的出生给我们带来这么多的欢声笑语，我们真该谢谢你，将来你肯定会给我们带来更多的欢欣，你会成为我们最大的荣耀。

爸爸

2003 年 10 月 17 日傍晚

（三）

琰琰：

好久没给你写几句了，爸爸太忙了，有时拿起笔想写，又有什么事要做，只得作罢。今天因为上午所看到的一幕，使我不得不写几句。

上午，我在路上看见一对父女，父亲 40 多岁，女儿比你大不了多少，是兔唇。从背后看上去，这孩子跟你有点儿像，只是比你高一些，可从正面看却令人心痛。我当时真被深深触动了，忍不住和她父亲聊起来。

他是永嘉清水埠人，女儿 3 岁。我劝他趁早给女儿做手术，免得以后会因别人耻笑而自卑。看样子他是个捡破烂的，肯定没有钱。我劝他借钱，可这笔钱对他来说，也是一个很重的负担。我不禁为这孩子的命运感到悲哀，出生在这样的家庭里，又加上兔唇，真是太不幸了。

女儿啊，你要知道，有很多人一出生就有身体残疾、缺陷，加上父母没有知识，家庭经济困难，他们的童年是在自卑和忧愁中度过的。这一切不是他们本身的过错，却要他们幼小的身心去承受。我们虽不知这到底是为什么，但我们可以借此了解三件事：学会感恩——我没有像这个人一样；学会悯人——对同类一种深沉的爱和同情；学会珍惜——在别人没有而我有的对比下，才会懂得拥有的宝贵。女儿啊，你从这个女孩身上是否学会了这三样呢？

爸爸

2004 年 5 月 26 日

（四）

亲爱的女儿：

今天，爸爸看到报纸上有一张照片，这张照片是爸爸从前看到过的，这次看到的时候却特别心酸地想哭。为什么呢？因为爸爸看见这个小女孩，脑海中就浮现出你蹲在地上玩的身影。这小女孩大概只有两三岁，瘦成这个样子，饿得快要昏过去了。她的生命已不久于人世，旁边的兀鹰正等着要吞吃她的尸体。女儿啊，她本该像你一样在父母的呵护下茁壮成长，在父母的怀抱里撒娇，在父母的逗笑中玩乐，可是她的父母在哪里呢？可能早已饿死了，再也不能照料她了。她本该有无忧无虑的童年，却即将夭折，多么不幸的小女孩啊。她的生命与你的生命是一样的，她却不能拥有与你同样的生活。这个世界有太多太多这样那样令人悲哀的事情，有无数人的童年是在这样的惨境中挣扎度过的，也有无数的人在童年就悲惨地离开了人世。我的女儿啊，你现在躺在床上睡得如此香甜，可有多少幼儿饿得睡不着，或冷得浑身发紫，或脏得像个泥人？

爸爸讲这一切，是叫你能同情那些可怜的人，没有一个人是活该这么受苦的。每个人都应该享受最基本的生活权利和条件，你应该有一种悲天悯人的情怀，这是爸爸最希望你拥有的一种素质。

爸爸

2004 年 7 月 8 日，晚 10 点

（五）

琰儿：

上午，爸爸带你在洪殿北路玩时，看见有四个盲人在路边卖唱，一个弹电子琴，一个拉二胡，两个轮流唱歌。他们面前放着一张大喷绘纸，写着爱心助残的内容，地上还放着一个铁桶，里面有很多零钱，一群人在听，不时有人扔进 1 元钱、5 角钱。爸爸拿出 5 角钱硬币，让你拿去扔进桶里。爸爸很同情这些盲人，他们只能靠这种途径来养活自己，我们应该拿出钱来援助他们。

在这个城市里，我们有时会看到乞丐、残疾人、孤儿、孤寡老人，他们很无助，需要我们去帮助，他们也是人，他们中许多人都是很善良的，是生活造成了他们现在的不幸，所以我们应该同情他们。虽然我们不是很有钱，但我们至少可以拿出 1 元块、5 角钱，让他们也能吃一个包子，

填填饥饿的肚子吧！

　　琰琰，爸爸以后每个月都给你 10 元钱，让你在路上碰见那些人时能够帮助他们。你会发现，施舍是一种最大的快乐。"施比受更有福"，10 元钱分成角币，每天你都可以施舍人，每天你都会享受这种快乐。爸爸相信，你会把它用来换取因施舍而有的快乐。当你成为一个有同情心的人，一个肯施舍的人，你就拥有了快乐。

爸爸

2004 年 12 月 11 日傍晚

（六）

亲爱的女儿：

　　爸爸现在从遥远的海南岛，从碧蓝色的大海边，写信给你，这是一段前几天就想写的话，一直到现在才有空写给你。

　　上个星期三，爸爸去洪殿奶奶那里，大概 6 点半左右，经过温州师范学院幼儿园,听到里面那些孩子的欢声笑语，就想起了你还在这里时的情景。几个月前，你也是这样，吃过晚饭就和小朋友们在操场上玩一会儿，然后去教室里画画儿。你也是这样奔跑着，欢笑着，是多么快乐，像一只小鸟。现在，这里再没有你那银铃般的声音，再没有你那活泼可爱的身影了。经过你常去锻炼身体的健身区，又想起你爬铁链网、太空球时的样子，想起牵着你的手在压腿架上练平衡走时的情景。一刹那，我的心像空了一大块。这里什么也没有变，只是少了一个你，奶奶仍住在这里，只是我们家不再住这里了，你也不在这里上学了。这个曾经充满了你的欢笑的地方，一下子变得如此沉寂，毫无生气。我仿佛不认识这个地方了，难道这里真是几个月前我最喜欢来的地方吗？这里的草好像稀疏了，树也没有过去那么绿了，如果不是奶奶住在这里，我才不会大老远跑到这里来。

宝贝，你可知道，每次我陪你玩耍时，我的心里是多么快乐啊！看着你可爱的动作，听着你甜美的声音，我觉得没有什么比这更令我享受的了。当我坐在那里看着你玩，或跟在你的后面时，你的快乐传到我心里，我心里也充满了欢喜。不管陪你玩多久，我都不会觉得累，妈妈老说带你很吃力，我总觉得奇怪，和小天使在一起怎么会累呢？

你在洪殿住了 7 年，你所留在这里的一切，决不会从我的记忆中抹去。不管过去多少年，你在这里玩耍、散步、锻炼的一幕幕都将深深地印在我的脑海里。当你的孩子也像你现在这么大时，当我看到他（她）可爱的动作，我相信你过去的一幕幕必将再次浮现在我的眼前。

还记得你 4 岁时，一次爬太空球，刚一回过头来和我说话，就一脚踩空，屁股一下子撞在横杆上，你哇一声哭了起来。这一切都被录入我的手机，每当我看这段视频时，我的心都会一下子被你的哭声揪住。你早就忘了那次的疼痛，可我一直无法原谅自己，当时为什么要和你说话。

还记得有一天，你坐在那里津津有味地吃饼干，一小口一小口地吃，好像这不是饼干，而是燕窝鱼翅。一片普通的饼干，你竟能吃得这么享受，吃得这么久。我立刻把你那像卓别林样子的动作拍了下来。

有了可拍照的手机，我随时可以把你可爱的瞬间拍摄下来，随时可以翻出来看一下。不管我到了哪里，你都在我的身边，只要一看到你的照片，我就感到一阵甜蜜的喜悦涌上心头。

宝贝，真怀念过去陪你一起玩的时光，你给了我多少快乐啊！以后这样的时光必将越来越少，然而，我要你知道，不管你学习怎样，不管你在各方面有没有出色的表现，我永远以你为乐，我永远因你的喜乐而欢呼。我相信你一定会有一个属于你自己的灿烂的明天。

这封信，就当作你幼儿时期结束时给你的留言吧！

爱你的爸爸

2009 年 10 月 24 日于海南

（七）

峥琰爱女：

前天，我在微信上晒了两张你的照片，一张是 3 周岁时的，一张是今年生日时拍的。很多人都说你小时候可爱。是的，那时的你，比天使更可爱。

婴孩时的你，如此天真烂漫，无邪的眼神，让人看了无法忘记。那几张照片，将来与你的孩子一比较，你会发现如同一个模子里出来的。当你长大成人时，爸爸最大的愿望就是你能保持尽量多的童真，这并非不可能，也不会让人耻笑。

童年时的梦、友谊、真诚，这些永远不要丢了。你的心应该像个百宝盒，把这些宝贝珍藏到老。当你有一天遇到你的另一半时，打开宝盒取出里面的珍爱，如果他也是这样一个人，那你们就是世界上最幸福的一对了。爸爸盼望你能有一个这样的婚姻。

在我所熟识的人中，有没有一个人的孩子，从小就有一颗纯洁的爱心，一直保守得好好的，直到他遇见你时，他仍能掏出起初的爱心，对你说："看，我那起初的爱一直没有改变。"那么，他对你的爱，也必会至死不渝的。

爸爸会留意，会一直观察，直到找到，还有什么比这个更重要呢？

有什么比找到一个真正有爱的男孩给你，更值得我为你做的呢？

说这些，是因为近来爸爸开始为人牵线，为那些年龄渐大的青年牵线搭桥。他们就像我过去一样，少年维特的烦恼越来越深，所以就想到了你。你还早，但，观察是越早越好的，留意也是越早越好的。

放心吧，你一定会遇到你的另一半的，只是为父的心里总有一根弦，为儿女绷着，直到儿女成家，仍不放松。

爱你的父亲

2015 年 7 月 11 日

对女儿的期待

（一）

明天社工考试，今天是最后一天复习了，看完社工实务笔记，深觉社工是一个大有可为的领域，我一定要在这块田里深耕细作。如果我不提前退休，那就在这个领域好好投入，把南郊做成一块示范田。

女儿说大学选社工专业，暑假里我想带她做义工，她可以在社区作文培训班上当我的小助手，帮忙批改学生作文，也可以来打气排球。如果她现在就有当义工的经历，对她以后学这个专业会有好处的。

人应该越早开始职业规划越好。

（2019 年 6 月 21 日工作手记）

（二）

下午，我联系的企业送我两篓杨梅，我把一篓分给几个领导，谢谢他们对我开展禁毒工作的支持，正如企业谢我一样。同事们分享了另一篓，剩下的则带回去让双方父母也尝尝。

我特意和女儿说起立交桥下那个流浪汉，把两张 10 元的阿哆诺斯蛋糕票递给她，然后问她有什么想法。女儿说票就给他买吃的，再拿些饼干放在袋子里给他。我又拿了 12 颗杨梅放在袋里，叫女儿写了一封信给那人。然后，我去店里买了茴香豆和面包，一起送给他。

有的流浪汉可能只是处于一时思想障碍，当有人关心善待他时，会让他从这种状态里走出来，过上正常人的生活。我想尝试一下，看这样能不能挽回他的心。我希望自己在退休前运用所学的知识，尽量多地去尝试，将来就能帮助更多人。

一篓杨梅竟能让这么多人分享，这是起初我不曾想到的。我们手里的资源，如果都能分享出去，那绝对会给我们带来种种惊喜。教孩子学习分享，创造机会给他实践，这是对孩子最好的教育。

下面是女儿的信：

你好呀！年轻人（虽然我年龄比你还小），看到你一个人孤零零躺在桥下，不知道你会不会冷，会不会饿呢？然后，我就给了你一点儿填饱肚子的东西。哈哈，希望你别再颓废下去了，去追逐更好的生活吧！不知道你是受什么打击才这样的。祝福你能过得越来越好！

一个小女孩

（2019 年 6 月 28 日工作手记）

（三）

今天中午，在侄儿出国的前一天，与姐姐陪他和女儿一起到七都大桥骑了个来回。这是暑假家族活动内容之一。

路上我问侄儿，考大学的目标是什么。他说是雅典大学。我说，你能行的。女儿的目标是杭州师范大学，社工专业，她还有两年，我看好她，因为她属于只要给她一点点就会还你一个惊喜的人。

父母最大的期待是什么？就是孩子远超过自己，不管哪方面都青出于蓝胜于蓝。我努力去帮助别人的孩子，我相信我的孩子一定也会得到别人的倾力相助，她的前途一定会比我更好。

（2019 年 8 月 30 日工作手记）

健身路

冷水浴

中专毕业后，我被分配到机关工作，整天坐办公室，运动量与在学校时比起来实在是太小了，我真担心自己会发胖。幸亏有在校时养成的洗冷水浴的习惯，才使我的体重一直保持在最佳水平。

那时，我洗冷水浴也是迫不得已的。我这个人天一冷就容易感冒，一次从一本杂志上看到洗冷水浴能增强抵抗力，能防治感冒，便决定当年试试看。洗冷水浴要从夏天开始，一直坚持洗，不能中途中断。那年秋天，当别人都开始洗温水了，我仍坚持冲冷水。当冷水浇在身上时，缕缕热气冒起，此时只有咬紧牙关，憋住气，飞快地擦香皂，好像在打仗似的。过了一两分钟，身体就不觉得怎么冷了。当我擦干身体穿戴整齐地走出浴室时，身上暖和极了。看到别人提着三四个热水瓶进来，我心里感到很自豪。几年冷水浴洗下来，身体的抵抗力确实强多了，不再怕感冒了。

冷水浴对人的身体是一个锻炼，对人的意志更是一个考验。去年下大雪，虽穿上很多衣服，还是觉得很冷。洗不洗呢？我犹豫了好久。最后还是决定要洗，不能半途而废。当走进浴室时，真觉得好像走进了刑场一样，洗好时牙齿还直打仗，但此时的心情像做了一件伟大的事似的。

洗冷水浴能消耗人体大量的热量，也就能减肥。所以，我劝那些迷信"减肥灵""苗条霜"的朋友不妨咬牙一试。

（90年代初发表于《中国青年报》）

我的健身两大宝

　　天天坐办公室，许多人担心自己会发福，只得去健身房，或去游泳跑步，这些都需要额外花费时间和金钱。对于时间总是不够用的我，却利用上班和洗澡的便利，一骑自行车，二洗冷水澡，免费锻炼，一举两得。老同学碰面时，都说这么多同学中我看上去最年轻。我笑笑说："我有两个宝，多亏了它们，我才有一个健康的身体。"

　　说起骑车，还真不好意思，我那时胆子小，不敢一个人手扶着车把，脚站在踏板上滑行着学，而是让别人在后面扶住，自己蹬，好不容易才学会了，而且是到了初二时才开始学，应该说是相当落伍了。但学会以后，我就一直没离开过自行车，自行车成了我最好的出行工具。我的同事现在基本上都鸟枪换炮，连摩托车也不开，开起轿车来了。他们也问我什么时候买车，但我根本没考虑买车，总是回答说："我是不会买车的，我只认定自行车，锻炼身体又环保，没有车阻又省钱，去哪里找这样的好事？"这倒不是因我没这个经济能力，而实在是不愿放弃这白白锻炼的机会。

过去我外出（在郊区范围）时，不管路途多远都要骑车去，读中专时有一次骑车到灵昆的同学家，一直骑到渡口。一口气骑一个小时对我来说根本不在话下。前年做肛瘘手术后，为了让伤口愈合得好些，买了一辆电动车。后来觉得体力有些衰退，就又重新加入骑车大军中。

每天早上骑在大街上，行进在车水马龙中，初升的太阳照在身上，我觉得生活充满了朝气，全身充满活力，到了单位就能以饱满的精神投入一天的工作中。冬日下班时，街上已是华灯初上，一想到家里亲人，一脚蹬下去就多加了几分力，于是车就像箭一样蹿出去，把那些慢慢开着的轿车远远地撇在后面，那是一种很畅快的感觉——哈哈，我比你们要早到家！双休日骑车上街，沿途还可欣赏九山公园、松台广场、望江路怡人的风景，想停就停，优哉游哉。看着那些因车阻坐在车里干着急的人，或加油站前排得老远的车队，感觉自己是多么的自由，骑车真好！

而洗冷水澡是我在读中专时养成的习惯，因为那时学校里打开水是要排队的，而运动后又是汗流浃背不怕水冰，于是自然而然就选择了这种洗澡方式。当然，在一年中最冷的那段时间，洗冷水澡确实是一个考验，到底是坚持下去，还是暂时放弃明年重来？每次进浴室就像进刑场一样，但洗完了出来时，心里却是非常的自豪——我又一次战胜了自我！每次洗之前，先活动一下身体，如做俯卧撑、马步冲拳、跳跃，让身体微微暖和后再洗，这样就不怕冰了。洗完穿上衣服，全身暖烘烘的，感到血液好像流得特别欢快，精神也为之一振。这 20 多年来，我只是中断过一两年，或是在感冒时洗一下温水，它的直接效果就是使我的体重一直保持在正常范围，每年体检单拿过来一看，检查结果都是让我很满意的。

这两个健身宝，我想自己是一辈子都不会离弃它们了。

经济能力具备了，生活节奏快了，对我们以前养成的一些好的健身习惯也许会是一种威胁。这时，我们需要有一种正确的心态，让这些曾给我们带来健康的习惯能终身伴随着我们。

（发表于 2013 年 5 月 15 日《温州都市报》）

从倒走所想到的

这几天尾骨因久坐而隐隐作痛，不得已只好不时放下手中的事，到楼顶上倒走一会儿，觉得症状有所减轻，估计再走几天，痛感就会完全消失。

倒走已经成了我对付这种病症的特效药。

抬头仰望蓝天和空中飞来飞去的鸟儿，又眺望远处市区的高楼大厦，心情格外舒畅。

看着对面那幢楼渐行渐远，一个念头一闪而过。

为了健康，我需要倒走，同样为了健康，很多人也是倒退回到过去的生活方式啊！

比如吃，现在很多人吃得都很简单，粗茶淡饭，难道他们吃不起大鱼大肉吗？非也，是"三高"恐惧症使他们不得不回到20世纪六七十年代粗细搭配的饮食结构中，所以现在有些粗粮卖得比细粮还贵。

比如住，现在很多有钱人都喜欢在山上买房子，周末去住一两天，图的就是那里环境好。特别是退休的人，更是喜欢住在山上。过去是山里人往乡下搬,乡下人往城里搬,认为能进城就是生活进步了,现在城里却又兴起一股"上山下乡"的潮流。

再比如说行,现在外国人不再提倡开车,自行车对他们更有吸引力,一是环保,二是健身,这两个因素让许多有车族愿意回归无车时代,而国内启动公用自行车的城市也是越来越多了。

其实,过去那种简单生活是最有益于身体健康的,而紧张、繁忙、高消费的生活,使人身心俱疲,后遗症多多。我很高兴,自己仍保持着一些过去养成的习惯,从而也保持着身体的健康。

为了身心健康,让我们停住飞奔的前进步伐,降低越来越高的生活要求,适当向后退几步,这样的选择,会使我们已经出现的健康红灯转为绿灯。

（写于 2012 年 10 月 12 日）

文 字

回首 8 年征文参赛路

2000 年我参加自考，读的专业是文秘、汉语言文学。文秘中有一门是写作课，考完这门课后，我重拾荒废了 20 来年的笔。2004 年 8 月，第一次参加温州日报社举办的教师节征文，那篇文章改了好几遍，最后得了个优胜奖。初战告捷，我一发不可收，不断投稿，此后屡屡获奖，成了一个拿奖专业户，现在我家里的书橱里摆着 3 摞荣誉证书。每每看到这些红辣辣的证书，我就暗下决心，将参赛进行到底！

2009 年 7 月，温州市科学技术协会举办第二届科普征文，同事怂恿我写一篇参加征文。当时我是党政办副主任，按理说这不是我的任务，但我因为对环保很感兴趣，加上自己中专时读的是园艺专业，想想觉得可以写一篇，就答应下来了。经过几天冥思苦想，终于找到一个接合点，虚构了一个故事，讲述记者去采访企业，参观企业办公楼的环保设施，动笔写了《绿色大楼参观记》投过去，意外地获得了二等奖。

尝到甜头后，次年我又参加征文活动，这次是根据自己的实际生活，虚构了一位记者去采访一位"低碳达人"，跟踪记录其一天的生活和工作，题目是《王选民的低碳一天》，但没有获奖。那一年，甬台温三地举行"甬台温最美乡村行"活动，有3个活动，其中一个是"我的低碳生活"征文大赛，于是我就把这篇文章投过去，竟获得了一等奖。我又做了一个PPT"遍种爬山虎，实现立体绿化建设宜居城市"，参加另一个活动"迎绿色世博、倡低碳生活——低碳生活、低碳经济优秀创意方案大赛"，获得了三等奖。

2011年，我没有灰心，写了《关于治理塘河的一段对话》，虚构了一位塘河办主任和老同学的对话，老同学提出另类的治河思路：变废为宝，并引入市场经济，使臭塘河成为香饽饽。我的用意是抛砖引玉，为市塘河治理献计献策。这篇文章获得了市级一等奖，是我历年来最好的成绩，对我鼓励很大。

2012年，我写了《王老师的家庭果菜园》，写的是一个爱种菜的人怎样利用平台种植果蔬，获得二等奖；2013年写了《天音采访记》，写的是到一个绿色企业的参观过程，获得三等奖；2014年写了《养蚯蚓的清洁工》，写的是如何利用废弃物养殖蚯蚓，获得三等奖，同时我自己动手拍摄，让朋友帮忙剪辑了《绿化高手爬山虎》，参加温州市科学技术协会举办的科普微视频作品征集大赛，获得优秀奖；2015年写了《树叶也是宝》，写的是利用修剪下来的树叶制作绿色包装材料，获得二等奖；今年我又写了《强哥的生意经》，写的还是河道治理，淤泥如何做成砖，变废为宝，目前还不知道结果。

我是一个喜欢想点子的人，看到生活中的一些现象，我就会思索，并提出建议，这些就成了我写征文文章的素材。这些年来我所写的文章，多采取小说写法，以环保为主题，结合自己中专时所学的专业知识，以生活、经济、创业为切入点，以创意为核心，采取对话或参观形式写成。

我想通过征文参赛，争取使创意产生经济效益和社会效益，推动低碳环保，造福社会。虽然有些创意在专家看来可能不切实际，实用性不强，但至少能起到抛砖引玉的作用。如果我的建议能引起上级重视，有参考价值，对决策有所影响，那就太好了。

回首8年征文参赛路，先是同事的"怂恿"，再是区科学技术协会的鼓励、市里评委的肯定，使我越走越有劲儿，越写越内行。

每年都写环保题材，会不会写完呢？我想是不会的，我今年的题目就是去年想好的，而明年写什么现在也已经有数了。生活和工作总是不断地向我们提出问题，只要做个有心人，总是可以找到新题材的。

以前，温州经济开发区年年和日报社联合开展普法征文活动，我参加过几次，也得过奖，但近年来不知何故停掉了，很是可惜，但愿温州市科学技术协会的科普征文活动能开展得更好，并产生更大的效益。

（发表于《浙江科协》2017年3月刊）

十年磨一剑

唐朝诗人贾岛写了一首《剑客》："十年磨一剑，霜刃未曾试。今日把似君，谁为不平事？"这是贾岛以磨剑来自喻自己十年寒窗，现有终于成为一个合格的诗人了。

中国人用"十年寒窗"与"一举成名"这两个相关联的词来说明，一个人要想成功，必须要花上大量心血去苦读，至少是 10 年时间。有独无偶，英国埃克塞特大学心理学教授迈克·侯威专门研究神童与天才的课题，他得出的结论很有意思："天才也必须耗费至少 10 年光阴来学习他们的特殊技能，绝无例外。要成为专家，需要拥有顽固的个性和坚持的能力……每一行的专业人士，都投注大量心血，培养自己的专业才能……"

神经学者丹尼尔·莱维汀也表示，大脑需要花费10000 个小时来吸收所需要的知识、技巧、经验以达到真正精通的程度。

我给自己估算了一下，从我开始写作到现在，大约在写作上花了1000多个小时（现在只能按字数和每千字需要多少时间去推算），那么我只完成了十分之一，往后我还要完成那十分之九。如果我每年能保证1000个小时（即每周20小时），那还要9年时间。好吧，我就做好苦干9年的心理准备吧！

也许有人会认为没这个必要，为什么要成为所谓的天才？多累！但是，如果不投到这里，10年后的我，比起现在又能多些什么呢？投到这里，即使成不了天才，至少我会有许多文章问世，它们或多或少会给人们带来一定的帮助。到那时，看到一摞文章时，我一定会庆幸自己今天的决定的。

一周20个小时，应该是能做到的。这20个小时，如果善于利用时间的话，完全是可以挤出来的。我们曾花多少时间去做一些无聊的事，为什么不把这些时间拿来练笔、磨剑呢？

（2009年5月8日博文）

写作的体会

最后一天上班，在等放假的时间里，再谈谈写作的体会吧。

写作对我而言到底意味着什么？

写作不是一件容易的事，要坐得住冷板凳，耐得住寂寞，容易腰椎突出、得痔疮（对此我深有体会），且绝大多数时候收获与付出是不成正比的。

但写作是我必须做的事，而不是可有可无的。不管好事还是坏事，我都要把它写下来，必须记录这些历史，或者挖掘历史。写作可保存、还原、启蒙、分享。能够写作的人，是有福的。

古人云"不平则鸣"，也有很多人说写作（包括写日记）有疗伤作用，我觉得千真万确。我这半生经历中，常遇人不淑，也时有受伤，如果没有写作，我会受不了的。写了以后，事情慢慢就放下了。发表不了没关系，自己心情好了就好。

写作的好处，只有作者自己知道。当人一开始写，就会不断尝到甜头。

新的一年，我会再接再厉，更上一层楼！

（2019 年 2 月 3 日工作手记）

心　路

自己点燃心中的火

早上看到《温州日报》心理版的征文启事，想起自己一年前曾写过的一篇文章，那时真的很消沉，但我终于走出来了，现在的我再次激情燃烧，我觉得自己的心路历程可能会对其他人有所帮助，就把文章翻出来，并补上今时的心境——

昨天傍晚回家路上，忽然感到自己好消沉，前途一片渺茫，不知何去何从，心里没有一点儿激情，做什么事都成了例行公事。我心里实在不愿意过这样的生活，我有我的抱负，起初的目标一直不愿放弃。我在心里不停地呐喊："到底何时才能走出这个困境，何时才能实现心中的目标？"

回想过去的岁月，那时虽然没有房子，没有妻子，没有孩子，虽然在单位里只是普通一兵，虽然常常要到父亲的工厂里打杂，虽然也时常为个人大事而焦虑，但是，那时的生活有目标、有盼头，知道面包会有的，牛奶也会有的。30岁开始参加自学考试，虽然考得很吃力，但有书做伴感到日子过得很充实，所以虽苦却乐，充满了拼搏的力量。

可现在，结婚了，有孩子了，本科文凭再过 8 个月也要到手了。当目标基本实现后，我却发现自己看不到下一个目标了，就像爬上了山顶，却发现前面一片大雾，既看不见下一座山，又看不到继续攀登的路。不知道该怎么选择以后的人生道路。

这是去年 4 月 30 日写的一篇日记，我起了一个题目——《激情不再的日子》。后来，我看到亚伯特·史怀哲（诺贝尔和平奖获得者）说过的一句话："一生中，总有某个时候，我们心中的那把火熄灭了，然后因为遇见了另一个人，热情再度被点燃。我们都应该对重新点燃胸中那把火的人，抱着感激的心。"我把这句话写在日记下面，我在等候那个点燃我胸中那把火的人出现。

今天，当再次把它拿出来看时，我已经走出了心灵的沼泽地。回想自己这一年来的心路历程，我觉得只要坚持人生的理想，永不放弃起初心志，突破自我，就能走出一片新天地。

那个点燃我胸中火把的人一直没有出现，是我自己点燃了自己的火把。没有人给我指路，是我自己闯出一条新路。

朋友，如果前面没有路，不要指望别人给你开路，如果心中没有火，不要指望别人给你点燃（假如那个人永远不出现，你岂不白等一生？），你的希望在自己身上！

（发表于2006年4月24日《温州日报》，参加"康宁杯"心情故事有奖征文赛）

再次流泪

　　昨晚睡得迟，早上 5 点半醒来，想再睡一会儿，忽然一首曾经很喜欢听的歌一闪而过。

　　"痛苦和悲伤，就像球一样，向我袭来，但是现在，青春投进了激烈的球场。"

　　《排球女将》曾伴随我度过少年时期。这部电视连续剧讲的是日本女排运动员刻苦训练、顽强拼搏的故事，1983 年在中央电视台播出。那时正是我国女排两连冠之时，所以风靡全国，我那时就是边听隔壁电视机播放这首歌边做作业的，它也促成了我中专时期对排球运动的热爱。

　　昨晚听多了《红日》，夜里大脑还在发酵，听了李克勤的粤语版，跟着他唱了几遍，越来越喜欢这首歌，只是粤语版太难唱，而普通话版简直是儿歌，什么"狂风吹啊吹"，轻飘飘的，一点儿感觉也没有。

　　6 月 10 日那天，我和妈妈说，我要开始写一个长篇。她说，你不要透支了。我说，我每天早睡早起，早上写一个小时，不会有影响的。

我想写的是《致我们无悔的青春》，给当代大学生提供一个参照物。我开始了准备工作，重看过去的日记。3天前看了赵薇执导的电影《致我们终将逝去的青春》，当听到郑薇演唱那首《红日》时，不由得泪流满面。

开头那几句"命运就算颠沛流离，命运就算曲折离奇，命运就算恐吓着你做人没趣味，别流泪心酸，更不应舍弃"，触动了我的泪点。

2010年11月9日中午，看筷子兄弟的《老男孩》时，我也是一听肖央那首歌就哭得一塌糊涂。"当初的愿望实现了吗？事到如今只好祭奠吗？""青春如同奔流的江河，一去不回。""梦想总是遥不可及，是不是应该放弃？"没有任何预兆，我的泪水汹涌而至。

我觉得没有这样哭过的人，他的人生也许还没有真正开始。

韩文公《送孟东野序》一文开宗明义："大凡物不得其平则鸣。"所以，人们常以"不平则鸣"来阐释诗人作家的不幸和痛苦遭遇对于创作的积极作用，也把它与"发愤著书""穷而后工"相提并论。我觉得自己就是这样。

2009年，创作长篇小说《三十年来》时，是我一生中最苦闷的阶段。五个月写了24万字，边写边在网上连载，这样的经历，当属生平第一次。小说创作成功，并没有给我带来多少改变，也没有出现小说第四季题词里的"他们经过流泪谷，叫这谷变为泉源之地，并有秋雨之福，盖满了全谷"。所以，才会有 2010 年 11 月 9 日那次痛哭。

流泪是人生的常态，这是我学会的一个功课。"命运就算恐吓着你做人没趣味，别流泪心酸，更不应舍弃"，哭过了，还得继续走。

（写于 2016 年 6 月）

忘忧水

　　早上心情很不好，饭后我在河边万步走时，对身边的景色视如无物，格外沮丧。回到办公室时，我甚至不想去轮训班上课。直到 9 点 5 分了，我才出发。

　　有时，个人的事情是会影响到工作的。谁没有这样的经历呢？但是，工作是必须完成的，我们只能放下自己，去尽应尽的本分。

　　到了里垟警务室，一看有十几个人，心情好了些。这段时间人都不多，今天算是人最多的。站上讲台时，我就告诉自己，把刚才的事忘掉，好好上课！

　　一开始讲，我就变了一个人似的，脸上阴转晴了。讲课回来，感觉好多了，一点儿事也没了。

　　当人一开始工作，心情就会改变。当人面对他人的需要时，就不会和自己过不去了。当人服务别人时，就会忘却自己的问题。

　　工作对于一个人来说，是多么重要啊！如果没有工作，只有私事和家事，人生就会很狭窄，一旦私事家事糟糕时，就会觉得自己完蛋了。但有了工作，我们就进到了一个广阔天地里，个人的事情相比之下就算不得什么了。

只有服务他人时，我们的心才会变得欢快，人才会充满活力。为了别人能从我们这里有所收获，我们得努力付出，此时整个人就处于活跃状态，即使年龄大了，仍能像年轻人那样蛮有力量感。所以，有工作的人总是显得年轻，有的人一退休，就衰老得特别快。

所以退休以后，我一定要给自己找一份工作，把每天的时间排得满满的。

两年以后，我就要提前退休了。7 月初，我给自己画了一张图，26 个月的倒计时图，一共 26 格，每过一个月，我就涂黑一格。时间过得可真快啊，转眼间就要半格了。

我希望每一格我过得都是充实的，每一格都写满我对他人的关怀和帮助。当退休时，我会交上一份令人满意的个人总结。

一想到 26 格涂满之后，就可以开始一个新的人生，会为更多人服务，会到更大范围去服务，我心里便充满了激情。

当 26 格涂满时，也许现在烦恼的事早就解决了，我会有一个完全不同于现在的新生活，一念及此，我的心就欢欣起来。

以后，我决不让自己一大早就被烦恼抓住，在每个早晨都要思考今天可以怎样来帮助人，更应该每天都思考未来那些值得期待的日子！

忘掉烦恼，最好的办法是去工作，去服务他人！

（2017 年 7 月 13 日工作手记）

教育

孩子一个也不能辍学

　　这里虽不是我所居住的社区，但从去年开始，我就把它当成自己的家。只要这里有什么事，我就绝对尽心负责。这里就是我下派的十里亭社区，一个整整有 5 平方公里的大社区。在 9 个多月的驻居工作中，我多次体会到，只要人人都献出一份爱，社区就会变成温暖的大家庭。

　　就让我讲一讲一个多月前发生的事情。

　　去年 11 月初，社区李主任告诉我一个消息——归正人员陈某的儿子小陈辍学在家差不多两个月了。我是负责综合治理这一块的，深知辍学对于一个孩子意味着什么，父亲犯下的错决不能让儿子来承担。我马上找到了小陈，问他想不想去读书。小陈欲言又止。

　　我和小陈以前就读的小学取得了联系，才知道班主任开学时就打电话让陈某去缴费上学，但不知怎的一直得不到回应。我想起半年前去陈某家帮教时的所见：30 平方米的平房，家里没有一件像样的家电，而陈某一直找不到合适的工作……我猜想可能是陈某一下子拿不出学费和集资费，就干脆不让儿子去读书了。

这时，陈某父子俩的户口已迁回社区，这样就可以就近在南汇小学入学，不需要集资费了。我打算自己出钱帮小陈缴学费。后来，我和李主任到区教委、乡政府开了证明，南汇小学终于收下了小陈。

现在，我时常会关心一下小陈在学校的情况，听到他表现不错的消息，心里感到十分欣慰。这个孩子有这么多关心他的人，有一个这么关心他的社区大家庭，他一定会好好成长的。

（为保护未成年人，本文使用化名）

（发表于 2005 年 2 月 2 日《温州都市报》，参加"桂香村杯"社区新闻大奖赛）

他和他的街角少年群

　　一个偶然的机会，我接触到一名曾是街角少年而现已回到学校的初中生，从他的经历中，我得知温州街角少年群体的不少内幕。

　　姑且称他为小 M 吧。

　　小 M 是个高大俊朗的男孩，今年 15 岁，市区某中学初二学生。在他刚升入初中时，老师很喜欢他，有什么活动都会叫他去参加，他也很认真。但到了第二学期，他渐渐感到学习枯燥乏味，加上父母忙于店里生意无暇照顾他，便对学习产生了厌倦情绪。那时，几个高年级学生带他去校外和几个街角少年玩，一起上网打游戏，他就开始逃学，整天泡在网吧里。家长却一点儿也不知道，还以为他一直在上学。一段时间下来，小 M 的成绩直线下降，对学习没了兴趣。到了暑假，他就正式加入了这支街头队伍，成天上网、蹦迪、去包厢唱歌、闲逛，晚上也不回家，有时还结伙敲诈他人。开学后，他不想去上学，继续跟那些人混在一起。直到有一天，他突然感到这样的生活没什么意思，而且总有一天会被抓住，他就重新回到了学校。

现在，小M总算能安下心来坐在教室里了，虽然他仍有不少坏习惯，学习也跟不上，上课有时一直趴在桌上睡觉，有时看闲书，但老师对他的态度还是比较宽容的，希望他的学习能赶上来，他自己也有这个想法。

据我了解，街角少年在校时一般都是成绩不太好，行为有偏差的学生。对他们，老师没有像对成绩好的学生那样热情和宠爱。他们有的自己也看不起自己。由于在班里没地位，所以就想逃离学校。

小M告诉我，有个街角少年听见老师暗地里叫同学们不要和自己在一起，气急败坏，找到老师破口大骂，说要拿菜刀砍了老师。可以说，主要是老师的态度决定了这些人的去留。

他们在家里同样得不到父母的关心和尊重，没有感受到温暖。小M说他在家里老跟父亲吵架，说话声音高一些，父亲就说他骂自己，他心里特别气愤，觉得在家里再也待不下去了，所以放学回来老想出去。

他们在学校和家庭里得不到的，在街角少年群体里都能得到。在那里，他们称兄道弟，很讲义气，有归属感，有钱一起花，想做什么就做什么。正是这种贪图安逸享受的想法，使他们热衷于街头的生活，并越走越远……

通常他们的一天就是在玩乐中度过的，那么，他们的经费又是怎么来的呢？

除了少部分是父母给的零花钱外，大部分是敲诈低年级学生得到的。有时，他们也会仗着人多，去敲诈比他们大的学生。现在很多学生都有手机，一只手机值一两千元钱，他们一偷来就马上脱手，然后挥霍一空，继续寻找下一个目标。

暑假里，他们往往能敲诈到更多的钱财，因为学生出去玩时身边带的钱更多。有时一些学生不愿意交钱，他们就动手，打得对方不得不交出钱来。有的甚至准备了管制刀具准备去抢劫。小 M 说，有一次他们在敲诈一个外地青年时，那人说自己也曾抢过一次，过后心里非常恐惧，就再也不敢抢了，劝他们以后也别再敲诈了，但他们哈哈大笑，扬长而去……

这些街角少年对自己行为的违法性没有什么认识，如果任其发展，很快就会走上犯罪道路。

对他们而言，未来可能有两条出路：一是回到学校，跟小M一样，但这取决于老师和同学们对他的态度，还有他在学习上能否赶得上。这些学生是特别敏感的，他们决不想做被人歧视的另类。所以老师要有智慧的方法，既让同学们能接纳他们，又让同学们不受他们的不良行为影响。稍有不慎，就可能使他们一怒之下离开学校，重回旧路。

第二个出路则是去一个专门的学校，比如工读学校。要让工读学校对他们有吸引力，这一点是改造成功的关键，否则只会使他们身在曹营心在汉。要根据他们的特点来施教，他们的学习普遍很差，不能再用同龄人的教材，也不能填鸭式地硬塞。要采取启发诱导的方式,让他们产生主动去学习的兴趣。要改变传统课堂里自上而下的方式,采取平等的方式,因为他们叛逆心强,不喜欢居高临下的说教。要采取赏识教育的做法,让他们能重拾自信、重整旗鼓。总之,需要更专业、更综合的教育。

另外,可以开办特殊学生家长学校,让那些不知道怎样教育孩子的父母也能学习一些教育原理和技巧,以便配合学校教育,否则将会前功尽弃,而且会更难挽回。

对于这些行为上有偏差的学生,还需要专业人士的辅助,也就是由社会工作者做青少年的工作。通过和那些在街头闲逛的青少年交谈,接近他们,进入他们的生活,了解他们的需要,消除他们的不良习惯,使他们能够悬崖勒马。

(发表于 2004 年 11 月 12 日《温州日报》教育版,后半段内容由采访体改回来)

为何唤不回你的心

——一次失败的助学经历

看着台历上写着"今天某某没有上学""今天某某又没有上学",我眼前浮现出某某那张苍白的、毫无表情的脸,心里有一阵阵说不出来的难受。

某某是我所驻社区一名归正人员的儿子,去年下半年辍学在家,我得知情况后找到了他。我问他到底想不想继续读书,他考虑了好几天说要读。我就与他就读的学校联系,又为他去找现在的学校,费了好大的劲儿才让他重回校园。学校对他非常优待,免了学费,还免了午餐的饭钱。他上学期的学习还是比较正常的。

可是下学期一开学,老师就打电话给我说他没来上学,我只得到他家里去叫他上学。原来,他父亲欠了赌债,一直在躲债,没有钱为他缴学费。于是,我为他代缴了学费。他父亲基本上不照顾他了,隔一段时间回一次家,买些方便面让他吃上一阵子。从那时起,老师就经常打电话给我,说他今天没有来上学，同学去叫也不来，要我去看看。

我只得放下手中的工作，跑到他家，却见他蒙头大睡。于是，我苦口婆心讲了一大堆话，他一声不吭，毫无表情地听着，然后跟我到了学校。好景不长，过不了多久他就又"旧病"复发，于是我又要亲自出马。一次又一次，我真感到自己的耐心到了尽头。

6 月初，我拿着派出所打来的户口内册证明，代他父亲到中招办为他报了名。暑假前夕，班主任说他已经一连 7 天没有上学了。我到了他家，问他到底还想不想上学。他最终给了我一个预料得到的答复：我不读了。

当时，我心里真是太失望了。这么长的时间里，我对他讲了多少话，甚至还买了鸡蛋、花生米给他补充营养，想让他身体强壮些，读书有精神些，到最后竟然是这样的结局。我心里一直在问：问题到底出在哪里？

我了解到，学校老师对他非常照顾，因为他父亲是归正人员，家庭特别贫困，一位老师还把自己早上喝的牛奶给他喝，有时给他钱让他自己去买奶喝，可以说把他当成自己的孩子一样来对待。因着老师的吩咐，同学们对他也是特别友好，生怕伤了他的自尊心。老师怕他不想上学，对他学业上也不勉强，作业上也不做要求。照理说他在这样的环境里应该是很舒服的，为什么还想逃离学校？

我问他逃学去哪里玩，他说上电子游戏厅里看别人打电子游戏。他从小就迷恋电子游戏，在游戏里可以忘记自己的家庭，忘记一切烦恼，也忘记自己的前途。于是，他沉迷其中不能自拔，可恨的是那些老板，让他这个未成年人进去。

家庭应该是一个很重要的原因，父母离婚了，对他打击很大，他得不到应有的照顾，特别是今年以来，他生活上如同一个孤儿，这使他的感情极其冷漠，对他人的关心和期望完全不能接受，对别人的劝告也置之不理。

我现在最担心的是，他这样沉迷在电子游戏厅，迟早会成为黑社会收罗的对象，成为他们手中的工具。那时，我们将很难将他从他们手中夺回来了。

究竟还有什么办法可以救救这只迷失的小羊呢？尽管我已经忍耐了7次，耐心已经到了尽头，但如果有一线希望，我愿意忍耐70个7次。

漫长的暑假开始了，我萌生了一个心愿：希望能有更多热心人来帮助他，最好有一家工厂能收留17岁的他，让他吃住在厂里，学一门手艺，自食其力。我也尝试通过一家媒体发出呼吁，最终却未能刊出……

帮助一个人真的这么难吗？

（发表于2005年7月28日《温州日报》教育版）

我召集的一次家长会

我曾经召集过一个家长会，但我既不是老师，也不是家长，我只是一个局外人。

这话得从我妻子的姨妈到我岳父家说起。

那天傍晚，我到岳父家吃饭，姨妈也在那里吃饭。她下午和我岳父一起去浦东一个厂里约见Q老板刚回来。原来，她的外孙小M与几个少年混在一起，已经很长时间没有回家了。她实在放心不下，所以从瑞安赶来，叫我岳父陪她到其中一个少年的父亲Q老板厂里去了解情况。

小M今年初三毕业，他不认真读书，这事我早几个月就知道了，没想到他现在却发展到夜不归宿了，所以我也担心起来。

姨妈说，下午问来了几个少年的名字和家庭情况，其中有两个孩子的父亲是老板。

这时，我想起前段时间听一个街角少年小W的父亲说起，小W现在没和那些街角少年混在一起了，而是和几个老板的孩子在一起，我一下子把这两件事联系在一起。

我就问姨妈："其中是否有一个叫小W的？"

姨妈说："对对，他家里开面店的。"

对于小W，我已经做了很长时间的工作，希望能把他从街角少年群中拉出来。他开始和我的外甥在一起了，看来这事我是非管不可了，于是我打电话给Q老板。

Q老板在电话里和我讲了一大通，说他们几个家长已经开过几次会了，做了很多思想工作，但收效甚微。他叫我牵头再开个家长会。

于是，我就当起了召集人，一一通知几位家长星期日下午在瓯昌饭店开会。

下午3点，我到了瓯昌饭店，姨妈和她的女儿女婿早已到了，小J的父亲J老板、Q老板、小Z的母亲也相继来了，小W的父亲没有来（小W叫他父亲别来）。

家长们先各自讲了自己孩子近来的情况，原来他们中间有几个人这些日子基本上都是在小J的家里，J老板为了让他们能待在家里不出去玩，情愿自己多花些钱。但有几个没有在小J家，Q老板说他们在外面租了房子，他们还曾经把女生带过来住。

Q老板说，一次小Q和他差点打起来。那次他们几个半夜很迟了还不睡，Q老板说了几次，小Q都不听，最后一次说重了些，小Q觉得父亲在朋友面前丢了他的面子，很是生气，父子俩差点动起手来，弄得以后两个人的关系一直很僵，最近才有所好转。看来这些孩子对父母的管束

133 / HUISHOU LAI LU

是比较抵触的，所以不喜欢待在家里，宁可租房出去住。

这次中考，他们考得都很不理想，自己也有些后悔。

家长们也说了准备把他们送到外地读书的计划，他们也基本肯接受这样的安排。这样有利于把他们分开拆散，如果他们抱成一团死不分开，那真是无计可施了。

家长们也交流了一些心得，其中Q老板讲到一个例子。那次关系弄僵以后，有一天，他拿出盒里最后两支烟，一支给小Q，一支给自己点上，然后像朋友一样和小Q聊起来，两人疏远的关系一下子接近了（笔者绝没有提倡家长分烟给孩子的意思）。大家一致认为，应该少一些教训指责的口气，多和他们平等地交流，拉近距离。

会开到5点时，Q老板提议晚上定一桌让孩子们过来一起吃，在饭桌上和他们交流交流。于是，J老板打电话过去，叫司机把3个孩子接来。

3个孩子过来了，他们看上去还是很纯的，根本没有我想象中那种流里流气的样子，只是小M的头发焗过油。大人们按刚才会议上定下的次序，先问他们这次考不好有何感想，再分析一下不读书以后他们能做什么（小W曾去打工，但做不了几天就被炒鱿鱼了），最后问他们以后打算怎么安排。他们都表示愿意继续读书。我们又鼓励他们以后要认真读书，以后再次聚餐时大家比比成绩高低，考上大学后，再摆酒庆祝一番。吃饭时，他们和父母坐在一起，都很自然地沟通。我想，要是在家里，他们是很难这样沟通起来的，看来这个亲子会是成功了。

前几天，我打电话给几个孩子的父亲，他们都说孩子们已经去各自学校上学了，两个在外地，两个在温州，他们这个小团体就这样被拆散了。现在，家长们终于可以松口气了，我这个管闲事的人也算没白费时间。

后记：写这篇文章，主要是想让那些有类似问题的家长有一个借鉴，让他们知道在孩子叛逆期如何联合起来寻找对策，共同解决问题。我觉得，家长有时都是单打独斗，经常是事倍功半，如果能经常互通信息，采取一致的措施，那么结果就会有效多了。

（发表于 2005 年 9 月 29 日《温州日报》教育版）

让老师头痛的熊孩子

昨天下午去某校宣传，让我对青少年违法犯罪预防教育之急需深有感触。

到了学校，和老师、派出所社区民警闲聊时，我提到不良学生纠偏的事，说在辖区一个学校开过纠偏讲座，老师说学校里有几个学生让人十分头痛，拿他们没辙。

派出所的中队长来了，我们9年前就认识了。中队长讲到一个打群架的案例，该校有几个学生也在其内，怪不得老师说有学生让他头痛。参与社会群殴，说明这些孩子已经非常危险了。如果在校期间各种力量一起介入，也许能挽救一些人。

我知道校方都是不愿意家丑外扬的，尤其是对我们街道的人。我们辖区那个学校只请我讲了一次，第二次一直安排不了，我催了几次都没用。这个月再不开的话，6月估计就很难开了，因为期末考试临近。下学期他们就搬了，恐怕我再也不能接触那些孩子了。

每个学校都有一些熊孩子（即使一中二中也是有的），对于这些孩子，再不做些教育的话，恐怕他们的人生就完全偏移了。这些孩子的家庭已经完全失去了教育能力，而校方也有些黔驴技穷了（用温州话说就是"说疲了"），如果我们街道加上派出所民警，再加上社会志愿者（就像美国的"大哥模式"），都友情参与纠偏，也许就能挽回这些孩子。

当然，我们必须改变教育模式，要和他们促膝谈心。我们虽然代表政府和执法部门，但要和他们平等交流，不以势压人，只以理服人，以爱感化。

我们现在做这些事，是为了减轻以后的工作压力。预防重于打击。如果在一个人完全堕落之前就挽救他，就能彻底改变这个人的人生轨迹！

离开学校前，我加了老师的微信。回单位后，我把上次讲座的课件发给他，希望能给这些孩子上一课。他们虽然不在我们辖区内，但如果我的讲座能挽救一个人，我多跑一趟也值得了。

我留言给老师，一定要让那几个打架的孩子都过来。

（2017 年工作手记）

去中学敲诈的技校学生

上午 7:30，我到达某中学。

到了学校演播室，老师已经在里面了。我讲了 19 分钟，干脆利落。

在演播室宣传，这是第二次，上次是在杭州采荷第一小学。后来，我看了社区工作人员拍的教室里的照片，发现学生们听我宣讲的时候还挺认真的。

结束后，我和老师下来，说我两个弟弟都是在这里读初中的，所以对这所学校有感情。到了一楼，社区工作人员还在。老师向社区反映一个技校的高二学生，放学后就在学校对面的站头敲诈他们的学生，还想在学校里发展小弟。

联想起上次听警官讲的学生参与群殴，我觉得老师的担心完全是对的。我深感技校生问题比较严重，如果再不采取有效措施，也许这些孩子很快就会走上犯罪道路。

不良学生的纠偏问题是一个难题，需要全社会的关注，需要各方面的介入。我也知道，不管哪种情况，想让他改正，都是很困难的。那些尝过敲诈甜头的人，叫他洗手不干，可能吗？

但我相信，总有一些办法是行之有效的，像国外一些机构所做的，不是没有成功的案例，问题是我们这里有没有人去专心做这事，有没有人把这些孩子当成自己的子女去纠偏？他们的父母已经完全失去了作用，只能由社会上的爱心人士来当他们的第二父母。那么问题是，谁愿意当，谁来牵头？

如果从小学甚至幼儿园就开始进行生命教育，让孩子们从小就知道要爱惜别人的生命，要与人友好相处，这比起到了初中高中才去防范校园欺凌会更有效。

所以，我很希望能进入小学做校园欺凌的预防工作，让那些已出现苗头的孩子及早得到纠正。年纪越小，纠偏效果越好，就像一棵幼苗如果长歪了，马上扶正，以后仍可能长成一棵参天大树。

救救孩子，不但要救那些受欺凌的孩子，同样也要救那些欺凌人的孩子。

（2017 年工作手记）

我愿温州第三十一中学复校

下午单位组织看电影《红日亭》，电影一开始，我就看到我们辖区一个企业家（市人大代表）的名字，我前几天想通过他提人大建议——恢复温州第三十一中学（接收行规差的学生的学校）。

电影很感人，讲一个到红日亭偷善款的智障小偷阿国，经红日亭负责人高春梅的感化，逐渐转变为一个义工，最后也被高春梅的女儿收为义子，大团圆的结局让观众感受到"温暖之州"的大爱。

单讲红日亭的施粥是拍不成一部电影的，所以导演加入了这个感人故事。当看到高春梅对阿国不离不弃的爱时，我不禁流泪了。高春梅曾经是特殊学校的教师，这让我对恢复温州第三十一中学劲头更大了。

我知道那位企业家很忙，人又在上海，所以给他写了一封信，告诉他我看了这部电影的最大感受：拯救一个失足孩子，比施粥不知高尚多少。而他若提交了建议，促成了温州第三十一中学复校，是为教育事业做了件好事。

　　如果温州第三十一中学复校了，我一定到学校里当校外辅导员，这是我在电影院里下的决心。

　　　　　　　　　　　　　（2019 年 1 月 15 日工作手记）

开始参加自考的两个孩子

　　上午去打印店里看禁毒培训本的样本，回来顺路去学院路口的停车场看一下在里面看车的 CRR。一进去就看见她站在大遮阳伞下面，她见我来了，笑着问："什么事啊？"

　　"来看看你啊！"

　　"我很好啊！"

　　"你好我就放心了，可你哥哥不好了，又被打击了。"

　　"是的，上个月被捉进去的。"

　　"你可要留心啊！"

　　"知道，放心，不会的！"

　　烈日下，CRR 戴着帽子，一条毛巾披在肩上，一个名副其实的劳动者。看她和伙伴这么忙，我就走了，身后传来一声："谢谢领导关心。"

　　这个停车场生意太好了，我相信，只要她安心在这里干下去，就再也不会以贩毒维生了。（这是她上次在我们办公室里说的："我没路走了，只有重走老路了！"）

我想起她哥哥，那次和他谈话时，他说得很好听，但现在身陷囹圄。她呢，那次和我讲话的时候，嗓门这么大，现在却自食其力。

为什么会是这样？

有没有一份稳定的工作，也许是吸毒者命运截然不同的关键原因。

我希望每次来这里时，都会看到她阳光的笑容、健康的肤色和勤劳的身影。

停车场边上是一家书店，我以前参加自考时，来这店买过书。现在，我又进去了，不过是为了别人。

接下来的几年，我要帮助两个小伙子（初中毕业）取得大专自考文凭。这是一个试验，如果他们成功了，也许以后我会扩大规模，用我的自考经验帮助更多人一圆大学梦。

两个小伙子已经报名了，但教材要自己买，网上订书可能要好几天才寄到，所以我帮他们找书，让他们可以早点看书，因为 10 月底就考试了，时间宝贵。

一问，公共课的教材有，另一门没有。我想去别的地方看看，店主说他这里是市区唯一卖自考教材的。想起过去学院路有好几家店卖自考书，现在仅剩一家，看来自考式微了。

我始终认为，自考对许多家境不好的孩子而言，是一个改变命运的捷径，尤其是严重偏科（偏文科）的人。我希望这两个小伙子能旗开得胜，那么明年 4 月就会有更多人加入这个队伍。

刚才在打印店里，老板问我现在吸毒的人多不多。我说现在年轻人要是没上班在社会上混，是很容易吸毒的，所以有些父母宁可让孩子开好车去上班(虽然只是临时工)，孩子挣的钱可能还养不起那辆车，但有工作了，生活有规律，不和那些不三不四的人混在一起，父母就放心了。

而找工作是需要文凭的，没有文凭，处处碰壁。所以，我希望自己能好好探索，取得有效的经验，让许多读不起书、读不好书的孩子，走一条近路，捷足先登，最终能够找到一个工作，可以自食其力。

（2017 年 7 月 12 日工作手记）

自考成绩知道了

早上 AX 发给我的一个截屏，让我兴奋了许久。

这是浙江自考网上的成绩截屏，两门课（毛泽东思想和中国特色社会主义理论体系概论、现代文学作品选）都是 60 分，压线。AX 侥幸过关的幸福感，通过手机屏幕一下子传染到我身上，我比 17 年前首考 3 门课平均 77 分还要高兴。

要知道，人家只是个初中刚毕业的小孩，而且这初中上的还是民工子弟学校呢！

从今年 7 月开始，我对两个孩子进行自考辅导。他们一个是初三刚毕业，另一个则离开学校好久了。网上报名后，我督促他们看书，完成所有大纲题目。当我看到他们的字写得太草时，特意要求他们练字，否则老师的印象分就没了。我把自己 6 年的经验全都告诉他们，巴不得他们照搬过去能马到成功。

10 月 22 日一考完，我就焦急地等成绩公布，说实话，我没底。上个星期，AX告诉我今后自考会加考高等数学和大学英语，这对他们来说，增加了不少难度，他们理科不好，英语更没学习环境，我又有些担忧。

现在，我终于可以舒一口气了。第一次考试，一个两门都过了，另一个两门都没过，50%的成功率也算可以了，我这个助考师还算称职。至于高等数学和大学英语，也不用怕，如果所有课程都过了，这两个拦路虎也能干掉的。

我问没过的那个孩子字写得怎样，他说不咋地，我想也许这是一个原因。想想看，一道问答题5分（甚至更多），如果老师看得不顺心，印象分少给你1分，几个题目加起来，多吃亏啊！

人生就是这样，在一次次失败中吸取教训。

预祝他们一路顺利，两三年后都能拿到大专文凭。我也希望自己能总结出一套有效的助考方法，能帮助更多寒门子弟自学成才。

（2017年11月14日工作手记）

愿他成为自考助学师

上午，在岖江小学做宣传。

下午，自考助学的孩子 AX 在微信上告诉我，专科毕业论文成绩知道了，80 分。我真为他高兴，我本科的毕业论文是 70 分，他比我还高 10 分。

10 月的 3 门考试，不知他能不能顺利通过（大概要过一周才能知道）。如果这次都过了，明年 4 月的两门考试再通过的话，就可以取得浙江师范大学颁发的大专文凭，那时我就可以大打广告，大力推广自考了。

从 2017 年 10 月第一门自考，到 2020 年 4 月最后一门，两年半通过 13 门功课考试（其中有两门是论文和实践），那他就是最快取得大专文凭的初中毕业生了。

如果这次 3 门都挂掉的话，那就要 3 年或 3 年半才能拿到文凭。但就是这样，也比读了高中再读大学的人不知要好多少。想想看，一个外地穷孩子，基础差，就算读了高中，能考得上全国排名百名内的浙江师范大学吗？高中加大专要6年，6年的学习和生活费用又是一个很大的数字，自考的费用相比之下只是零头。这就是为什么我要竭力推荐人参加自考的原因。

这几年我在他身上花了不少心思，特别是在这次论文写作中一直指点他。我希望他能好好总结经验，并把所有考过课程的题目都整理出来，给以后的自考生参考。

他这次一考好就要离开温州，到宁波工作，不知工作后还能不能静心地学习。

愿他以后也能成为一个助学师，帮助许多像他一样的人成才。

（2019年11月8日工作手记，内容有所增加）

上戌回来时所想到的

早上在上戌小学和中学做宣传，两个学校仅一墙之隔。老彭和我一起去的，这两所学校都是他的母校，他说看到这些孩子就想到自己上学时的情景。

毕业多年后再到母校，每个人都会激动的。我第一次到府学巷和五中做禁毒宣传，都有很强烈的感受。看着这些学弟学妹在自己曾经待过的地方读书，多么希望他们一生都一帆风顺啊！我到女儿学校做宣传时也有同样的感受，巴不得每个孩子都能像我女儿一样。

当我看着那些小学低年级学生，常想这样一个天真烂漫的孩子，若干年后，若误入歧途，甚至走上不归路，那时他的父母该多么痛苦啊！（我看过一个父亲听到儿子吸毒时那盛怒的样子，我也看过父亲打电话举报儿子吸毒让派出所来抓他）那么，他的老师该怎样努力把他教好，让他喜欢读书，养成好的学习习惯，将来考上一所好的大学，找到一个稳定的工作，安然无虞地走完这一生的路程呢？

所以，我希望以后能去做教育，虽然我接触到的只是一个很小的群体，但我要带动一批老师一起去幼人之幼。

即使他们误入歧途了，仍还有希望，只要有人肯帮他们，他们就有可能重回正路。所以，我希望以后能做戒瘾工作，虽然我接触到的是一个很小的群体，但我要影响身边一群人一起去解救误入歧途的人。

……

这是我上戒回来时所想到的。

（2019 年 4 月 17 日工作手记）

幼人之幼

上午，在南浦小学西校区做宣传。升旗时看着一二年级的孩子这么可爱，我想起了女儿读小学时的样子，我想她唱歌时肯定也是这样的悦耳动听。

我想老师真是世界上最幸福的人啊，特别是幼儿园的老师，因为天天和天使在一起。

我想别人把我的孩子当成自己的孩子来教，那我也要把别人的孩子当成自己的孩子去教。这就是我做公益宣传的原因。

如果每个人都能幼人之幼，那学校就成了孩子的天堂，社会就成了儿童的乐园。

我希望能帮那些离开菁菁校园的孩子再回到课桌前，我希望能帮那些不爱读书的孩子拿到大专自考文凭，我希望能让那些自以为什么也不行的孩子自信起来，我希望能让所有孩子从小树立防范意识……

只是我觉得自己太缺乏专业知识和创意了，我得恶补，才能做些有效的事情，免得白忙一场。

（2019 年 5 月 15 日工作手记）

愿瓯北的孩子都一生无毒

今天早上在永嘉瓯北镇第三中学做宣传，这是瓯北第一站（3月11日做宣传的特殊学校虽位于瓯北，但属市级单位，故不算瓯北街道的学校），也是我做公益宣传的第100校，很有意义的一站。

我祖父是瓯北码道村人，我父亲复员后来到温州，我出生在温州，所以我一直认为自己是温州人。同事老说我是瓯北人，以前我不想承认，但现在我开始有些承认了。我小时候常到瓯北玩，几乎每年暑假都要在码道住上一段时间，上班后还常到父亲在爷爷家办的小工厂里帮忙。鹿城和瓯北一衣带水，我血管里流着瓯北人的血，现在我对这块土地上的人越来越有责任意识，一直想到这里的学校做宣传，今天终于如愿以偿。

瓯北镇第三中学在礁下（礁下还是礁堡，我一直分不清），我读中专时的朱同学的老家就在礁下，毕业后我到他家玩，次年他出国后写给我一封信，现在我仍保存着这信。后来，他回国相亲，我再去看他。大前年，我特意写了一篇文章发表在《温州文化》期刊上，怀念这位同窗好友。现在旧地重游，已完全认不出当年的旧村模样了。

看着站在面前的孩子们，我觉得他们就像以前住在祖父家周围的孩子们（我听说有的人后来吸毒了）。瓯北经济发达，人口众多，现有十几所中小学，这么多青少年一定要教育好啊！

不久的将来，瓯北肯定会和市区完全融为一体的。愿这块土地上的每个孩子，都能接受良好的教育，都有一个美好的未来。

（2019年6月4日工作手记）

"吃不饱"的中学

（一）

上午，到藤桥中学、小学做宣传。藤桥中学以前学生多些，现在因为有的家长把孩子送到市区私立学校就读，只剩下400多人了，其中四分之一是农民工子弟。我问周校长，能不能让更多农民工子弟进来读，因为民办的农民工子弟初中实在不咋的，公办中学则人招不起来，资源也是浪费。

周校长说，农村中学没积分要求，社保要缴费满一年，要有暂住证、劳务合同、户籍地无监护人证明，小学也是在这里读的，就可以读初中。我听了，心想有的农民工为了孩子能读得起公办学校，到西部乡镇去工作也是可以的啊！

我前阵子协助瓯越学校翠微校区拍了一个微电影《思念》，为中国700万留守儿童呼吁，希望政府更加重视这个问题，让这些孩子都能在父母身边读书，健康成长。小学、初中阶段是孩子们最需要家长陪伴的时期，如果公办学校能把更多名额给农民工子弟，他们就能得到良好的教育，有美好的发展前途。

（2019 年 3 月 28 日工作手记）

（二）

上午，在鸿源小学做宣传。

这几天做宣传时，看到一个现象——西部乡镇中学"吃不饱"（招生招不起），而大多数农民工子弟因为社保的问题只能回原籍读初中。

如果不"一刀切"，把社保的规定变通一下，让农民工子弟能到西部乡镇初中读书，这些中学的教学资源就不会浪费，而农民工也不必和孩子分离，造成海量留守少年，造成这么多教学资源浪费。

明年争取能向人大提案。

（2019 年 11 月 1 日工作手记）

公　益

"我妈妈呢？"

——在儿童福利院当义工（一）

中午在家看以前的日记，偶尔看到 2005 年 5 月 10 日写的一篇关于女儿成长的文章。那天是女儿第一次过集体生活——我们送她到一家私人幼儿园。中午，我打电话给妻，她说去幼儿园送裤子时，老师说女儿表现尚可，没有哭，只是常问："我妈妈呢？"

我的心一下子酸了。

我不知自己写这几个字时的感受是怎样的，估计和此时差不多。仿佛一下子回到了 5 年前的那一天，眼前出现女儿看着一个个不认识的大人时那茫然无助的眼神——"我妈妈呢？"

被妈妈送到一个陌生的环境，一转身妈妈就不见了，问遍所有人，都不能让妈妈出现。"妈妈，你在哪里，你在哪里？"千呼万唤，妈妈就是不出现，直到下午妈妈才不知从哪里冒了出来。

这一天对于一个只有两周岁多一个月的孩子来说，是多么漫长啊！

但是，再长也会结束。

我又想起带她出去时她寸步不离的样子，那时的我无计可施，只得陪她坐在孩子们玩耍的房间里，一直和别人说她真是个跟屁虫。现在想，她是不是怕我也会这样撇下她，让她千呼万唤却不现身？

如果晚上和女儿讲起这事，我想她一定会呵呵一笑，就像昨天她看到小时候爬太空球失足撞疼而哭泣的录像时一样。

是啊，她现在已经是小学一年级学生，再也不是那个寸步不离爸妈的跟屁虫了。而更重要的一点，就是她确知父母从来不会撇下她。

但我又想起了昨天下午在福利院里看到的那两个小孩。

两个小孩大概都只有两岁，姑且称之为阿A和阿B吧。阿A较活泼，还不会说话，重复着几个简单的音节。当我们一挨近他站的铁床时，他就向我靠过来。我伸出双手，他就张开双臂等我抱。我把他抱了起来，一股尿酸味扑面而来——他屁股上打的是布尿包。

我试着和他交流，但他听不懂我的话，只在嘴底轻轻地说着不知是"爸爸"还是"抱抱"的词。他在我臂上转动着身体，小手舞动着，显得很快活。

我抱着阿A，又逗阿B说话，但阿B一点儿反应也没有，一双眼珠一转不转地看着我，不知有没有在听我说话。

我把阿B也抱起来，他靠在我肩上一动不动，就像一个玩具娃娃。我想，这孩子该不会是自闭症吧？

我抱着两个孩子，走到窗边，让他们看外面的屋顶、天空，阿 A 很兴奋，阿 B 仍无动于衷。

抱了一会儿，我把他俩放回了铁床，阿 B 又像一个木头人那样一声不吭地站在那里，而阿 A 则哭着还要我抱。旁边的护理阿姨边给他们喂食边说："这孩子啊，就是要人抱。"

我忽然猜出阿 A 应该是说"抱抱"。

我说："叔叔要走了，下次再来抱你。"

他哭了几声，大概看出我是不会满足他的要求了，也就乖巧地止了声。我想，他大概被拒绝了太多次，已经学会适可而止了。

墙内墙外，相同的年龄，却是完全不同的遭遇。

阿 B，你是不是因为从来没有人抱抱你，才这样冷漠？

阿 A 和阿 B 以及所有的孩子们，以后我们一定会来抱遍你们！

（2010 年 8 月 1 日博文）

此起彼伏的哭声

——在儿童福利院当义工（二）

昨天下午，和大孩子们踢完球，就到楼下抱小婴孩。

阿 A 还是和上次一样，一见我就叫"抱抱"，一抱起来就笑，一放下去还是哭。

阿 B 比上次有了进步，有些反应了，也会咧嘴笑了。阿姨说他是脑瘫，通过训练会慢慢好起来的。不是自闭症就好。我拉着他的手，让他在地上走了好几圈。下次来之前，我要先学会训练的方法，来给他开个小灶。

阿 C 和阿 D 都是女孩子。阿 C 嘴角长了血管瘤，像烂嘴角，右肘部也有一块十几厘米见方的厚皮，大概也是血管瘤。阿姨说打针会缩小的。但不知有没有给她打，上次怎么样，这次还是一样。

阿 D 右半边的下巴很大，看上去好像大脖子，阿姨也说不出是什么原因。

我一个个地抱过来，但很快就发现行不通。当我放下阿 E 去抱阿 F 时，阿 E 就哭了，还把自己一头仰过去，脑袋砰的一声撞在床板上，我只得去哄她。当我放下阿F去抱阿G时，阿F也跟着哭起来。哭声好像会传染一样，从一个个小嘴巴里接二连三地发出来。

听着此起彼伏的哭声，我有点不知所措。

阿姨说，你别抱了，他们就是这个样子的。

我想也是，我又没有三头六臂，怎么能让每个孩子都满意？

总得让他们安静下来吧。我拿出手机，点亮手电筒，在他们眼前晃来晃去。这招很灵，他们的哭声一下子就止住了，眼睛盯着手机。

离开时，我想，一个阿姨要应付20来个孩子，每个孩子又都要抱，她当然是顾不过来了。

我该想出一个两全其美的办法来才行。

（2010 年 8 月 8 日博文）

抽筋的婴儿

——在儿童福利院当义工（三）

刚从儿童福利院回来，一坐在电脑前，就想起那个脑瘫婴儿的样子，心里还是很忧伤。

下午过去的人很多，大家到那些房间里，和婴儿们零距离接触。

我到了一个房间，里面全是脑瘫儿，都躺在地板上，我抱起了一个。阿姨说，这些脑瘫儿都是有训练的。

我看见一个皮肤有些黑的男孩趴在那里，手压在身体下面，一动也不动。我想时间长了他可能会翻转一下身体，可是半晌过去，他仍一动不动。阿姨说他是抽筋了，他一天中经常这样抽筋的。

我放下手里的婴儿，把他抱在怀里。阿姨给我一张小凳子，我坐下来，他的身体就直挺挺躺在我的大腿上。阿姨拿毛巾来给他擦了擦嘴边的口水。我看了看地板上，一摊口水。

他的胳膊僵硬地挺着，腿也是一样，两个手掌则扭曲地紧握着。我无法分开他的手指，也无法让他的肢体弯曲。

我知道不能用力，一用力他可能会很疼痛，所以只能轻轻地抚摸着他的皮肤。

他的头发剃得很短，只有半厘米长。太阳穴边有一处一元硬币大小的溃疡，阿姨说这是什么泡的皮破了，还有一处血迹。

他的鼻孔里全是鼻粪，几乎塞住了整个鼻孔，但奇怪的是，他也没有张嘴呼吸。阿姨喂旁边那个婴孩吃饼干，他也把头转过去盯着阿姨，阿姨就往他嘴里塞了块饼干，他嚼了起来。

比起旁边那些孩子，他显得要健壮一些，身体有些沉。但是，这种抽筋，一天多次的抽筋，天天吃药，给他的身体会带来多大的损害啊！

我不知他的抽筋到底能否得到医治，如果不能医治的话，他也许一辈子都要这样躺在床上了。他这样的状况，自然会被父母抛弃，因为这样沉重的负担是一个普通家庭承受不了的。

我的眼角湿了。

如果是我的孩子，我会抛弃他吗？也许会。

但是，也有些人，他们的孩子先天性残疾，他们却能一辈子心甘情愿做孩子的服务员。

此时，我觉得自己是何等的无力，不能给他任何帮助，唯一能做的就是默默为他祈祷。

（2010 年 8 月 21 日博文）

脚上又起泡了？

——在儿童福利院当义工（四）

下午，我们过去了9个人，可只有一个女孩子上来，还没什么心思参与，有两个女孩子出去玩了，还有两个不上来，说是六年级了，要复习。唉，刚刚开学就复习，要考大学吗？

我们多少有些灰心。

我叫大家无论如何要找出她们喜欢的项目，这样才能吸引她们上来。后来，她们反馈说，孩子们要绣十字绣，要画画，要跳舞，要滑冰。

好，我们都满足你们。只要你们能说得出，我们就能给你们提供。下周六，我们就从十字绣开始。

我们4个男生和8个孩子分队踢球，连那一个女生也加入了，十几个人在一起混战，场面热闹得很。不过，踢了十几分钟，一半人就退出去打乒乓球了，剩下的也是轮番上阵。

踢着踢着，我感觉脚底大概又起泡了，跑一下疼一下。

3个月前，我第一次在抛光砖地上光脚踢球，只踢了半个小时，左脚就起泡了，大拇指上的一个大水泡足有一元硬币那么大，且很快就破了，水也流干了。后来，右脚心也起了一个大水泡，踢完球洗脚时，好疼，走起路来一瘸一瘸的。那几天下雨，为了让伤口愈合，我就不穿凉鞋而穿皮鞋。过了几天，总算好了。但第二个周六一踢，又起了泡。

一次次下来，脚底、脚趾上的死皮一张张剥下来，皮有些厚了，不怕了。

回家前洗了脚一看，还好，没有起泡。刚才脚底太脏了，看不清楚，以为是起泡，其实只是摩擦的缘故。

现在脚底板硬了，想起泡也不那么容易了。

而这些孩子们，他们也在不断进步着。HH 告诉我，平时他们都有踢球。HH 自豪地说："我踢得很好！"

我们来只是引导一下，如果孩子们能养成锻炼的习惯，我们的目的就达到了。

只要天天锻炼，孩子们的身体将不再瘦弱，孩子们的精神也将不再矮小。

看到孩子们的进步，我觉得脚上起的泡很值得。

（2010 年 9 月 4 日博文）

最可怜的孩子

——在儿童福利院当义工（五）

今天，我们在楼下看到了一个最可怜的孩子。

这个孩子，到福利院已经 3 周时间了。听说他是被父母放在路旁，然后被人发现送到福利院的。

他躺在地板上，脑袋别扭地侧着，看着我们。如果是正常人，这样的姿势是坚持不了几分钟的，但他一直保持这个样子。

他的手指紧握成拳状，手臂向后扭曲着；而他的双腿则更可怕，是向后折的，就如街上讨饭的残疾人的畸形腿。

他是个脑瘫儿。

他的大腿大概有我的前臂粗，而小腿则细得像一根竹竿。相比之下，脑袋显得特别大。我猜，他整个人大概不会超过 30 斤重。

他的眼睛有些发炎了，这使他显得更加可怜。

阿姨在给另外一个孩子喂饭，他躺在那里叫："阿姨，给我吃。"

声音很含糊，显得有气无力的样子，讲的是温州话。

给他喂饭很需要力气，要两个人喂才能喂得下，所以阿姨就把他排到最后。

我们给他喂饭，围着他，抚摸他的腿、臂。

可他的身体仍然保持着僵硬状态。我想，也许把他抱在怀里，他会有安全感，会慢慢放松下来。

可是，我刚踢好球，全身是汗，无法抱他。

只一小碗饭，三分钟就喂完了，看样子他还没吃饱。

他大概有 10 来岁了。这个样子养到 10 来岁，也不容易了。大概实在是受不了了，才把他送了出去。我不愿意谴责这孩子的父母。

阿姨说他活不了多长时间了，并说有一个和他差不多时间来的，已经走了。送到福利院里的孩子，有的已经到死亡线上了，这里就成了他们幼小生命结束的地方。

如果这样的事情发生在我的家庭里，我会怎样做？整天怨天尤人？也像这父母一样中途放弃？我不知道自己会怎样。但不管怎样，我很感恩没有碰上这样的事情。

从房间出来，我跟大家说，看了他，我们真的不知道要怎样感恩啊！

（2010 年 9 月 18 日博文）

直面黑暗，然后干！

今天看了一篇文章《带你见识真正的地狱：世界人口黑市》，心里一直十分沉重。

作者说这篇文章写了一个礼拜，最后写成了论文。

作者开门见山："脑中充满幻想的人不会意识到，就在他们喊着口号拥抱美好世界的同时，世界上每一分钟都有人在暗处失踪，沦为奴隶。这个地下人口黑市网络从曼谷的妓院到马尼拉的大街上，从莫斯科的火车站到坦桑尼亚的货运路线，从纽约的郊区到墨西哥的海滩，无处不在，若隐若现。这个黑暗网络逼迫一部分人做最卑贱、污秽的工作，来满足另一部分人最卑劣的欲望。他们都是世界的一个真实面相。"

在我感觉有些窒息时，作者在最后给了我一剂强心针——"直面黑暗，然后干！"

他举了两个例子：

在阿根廷有个妈妈叫苏萨娜，女儿在 22 岁时被人绑架贩卖了。苏萨娜孤身一人找了 10 年，虽然她依然没能找到自己的女儿玛丽塔，但她找到了人生的另外一个目标：拯救那些像女儿一样被绑架后沦为妓女的女孩。在此期间，她不断潜入贩妓集团，亲自搜集线索，协助警方救出数百名被贩妓集团绑架的女孩。苏萨娜如今成了阿根廷的女英雄，美国国务院曾授予她"妇女勇气奖"，阿根廷前总统克里斯蒂娜为她授奖。

据悉，现在东欧一带有约 4000 名志愿者为了阻止有组织人口贩卖而奔走，每年起码会有 200 多人被人贩子杀死，死亡率非常高，但是从来不缺乏志愿者。那些身为受害者家属而或为志愿者的还好理解，但是有很大一部分是单纯的理想主义者，就是为了杜绝这种灭绝人性的交易而加入进去的。

看到这里，我的心脏终于开始激动地跳跃起来。这个世界上，总有一些理想主义者为了世界的和平美好而战。

人贩和毒贩相比，半斤八两，人贩贩人，毒贩害人倾家荡产、家破人亡。我深感自己现在所做的事是多么有意义，虽然我没有和毒贩真刀真枪地面对面，却是釜底抽薪，当我的宣传产生作用，越来越多的人不再吸毒，毒贩只能去卖花了。

东欧那 4000 名志愿者，是我们的榜样。我希望全社会对吸毒者多一些关爱，有更多的禁毒志愿者一起来帮助吸毒者脱毒。没有外界的支持，吸毒者是无力挣脱毒品的捆绑的，就像一个陷入沼泽地的人，他是不可能拉着自己的头发把自己从泥里拔起来的。只有很多志愿者来拉他们一把，他们才会成功地逃脱毒品的泥淖。

以后，即使离开禁毒岗位，我还会一直做禁毒公益宣传，尽力帮助吸毒者就业。

（2017 年 5 月 27 日工作手记）

初见永昌堡

今天，我终于见到了传说中的永昌堡。

永昌堡是第五批全国重点文物保护单位，是温州著名的抗倭城堡。我久闻其名，但只是在文章中见识一下，没实地看过。今年 5 月下旬，我到龙湾区第二实验中学做禁毒宣传，学校隔壁就是永昌堡，顺便圆了心愿。

那天早上乘 S1 线到了奥体中心站，然后骑公共自行车过去。从天中路还没拐进下水门，就看到永昌堡了。第一眼看见保存如此完好的城墙（虽并不雄伟壮观），我心里还是挺激动的。骑到校门口，里面还没下课，安安静静的，我便在微信上跟增淼老师说先去永昌堡转一圈。

据 2010 年出版的《中国现代宗祠（温州卷）》中关于英桥王氏宗祠的记载，明朝嘉靖年间，倭寇掳掠烧杀东南沿海地区，百姓生命财产遭受严重威胁，英桥王氏族长王沛公和族侄王德组织民众奋起抵抗，王氏义师成为温州沿海的长城，多次抗击倭寇侵犯。1558 年，王沛、王德叔侄在两次抗倭战斗中不幸以身殉国，受到朝廷褒彰追封。后九世祖王叔果、王叔杲兄弟首先倡议筑堡抗倭。1558 年12 月，全族在王叔果、王叔杲的带领下齐心协力，经过 11个月的日夜奋战，筑成了全长 2688 米、基宽 3.9 米、高 8 米、共 10 万土方的永昌堡。全城南北长 780 米，东西长 445 米，按方立门水陆各四，城堞 908 个，城垛 12 座，成为当年防寇抗倭的屏障。

现在，我就面对这样一座历史悠久而光荣的城堡。我沿着城墙向东骑去，很快就到了迎川门。门边树立着文保单位碑，一进去就仿佛到了另一个天地，一条小河笔直向北，两岸房屋井然有序。我仿佛穿越到了抗倭年代，成了一个守堡义兵。我沿着墙骑行一段路，察看墙宽，看到有的地段宽仅 2 米，想象着当倭寇爬上城墙时，义兵在这样狭窄的空间作战，是很容易摔下来的。但无论如何，有城墙总比没有任何屏障好。

我没去王氏宗祠前的王沛、王德塑像那里，因时间已经不够了。我看过两位抗倭英雄的事迹。王沛说："决不能为自身计，忍看乡间成废墟。"王德时任广东按察使佥事，看到家乡告急，毅然辞官归里。他们的塑像立在这里，更是立在王氏后人的心中，成了他们永远的激励。

我进了学校，增淼老师迎面而来。我和他聊起永昌堡，他说王家是耕读世家，出了很多名人。据记载，英桥王氏四世祖樵云公是耕读文化倡导者，著有《槐荫集》《蛙鼓鸣吹》等诗集。从八世始科甲蝉联，明清两代出状元、传胪、进士 13 名，举人 30 名，现存可查名著有 70 多部。王家除了文才好，武功也很了得。永昌堡的王家拳至今有 450 年的历史，王沛、王德训练义兵时，在南拳基础上，结合行庭功法发明王家拳。经明万历二十六年（1598）武状元王名世钻研，王家拳更上一层楼。

一个家族，文武双全，著书立说，保家卫国，名不虚传！

下课铃声响了，学生们从教室里跑向操场。增淼老师介绍说我是来给大家做公益宣传的，所以当我做宣传时，下面鸦雀无声，所有学生都听得非常认真。

看着下面一列列学生，我想到自己所做的和当年王叔果、王叔杲做的是一样的，我也是在筑一道屏障，保护里面的孩子们不受伤害。如果我不来做宣传，这些学校当然也会开展例行的毒品预防教育，但说实话，对于说教或宣讲模式，学生们可能没有兴趣，而我用新奇的魔术游戏和惊人的案例，震动他们的灵魂，惊醒他们的心灵，他们才会真正感受到毒品的危害。

短短 20 分钟，两个魔术、三个案例结束了，学生们意犹未尽。增淼老师觉得我的模式很有效，邀请我再来。我则请他帮我推广，特别是刚才路过的龙湾高中，他说会为我推介的。

这是继瓯海区之后第三个区的头一站，开头炮打响了，龙湾一定会有更多学校邀请我的。我满怀着期待，告别增淼老师从学校出来，回头又看了一眼永昌堡。阳光下，昔日刀光剑影的城堡一片祥和，但我知道那看不见的毒魔正像幽灵一样盘旋在空中，伺机寻找猎物。作为禁毒工作者，我深感责任重大，不但要保护好南郊子弟，也要保护更多地方的青少年免受毒害。

永昌堡，我还会再来的！我要走遍龙湾的每个学校，让每个孩子都走进堡垒，躲避突如其来的毒箭。

（写于 2019 年 5 月 14 日，投稿给《龙湾文艺》）

帆游山

帆游是丽岙和茶山交界处的一个小村落，在当地人眼里，它可能毫不起眼，于我却是终生难忘。

20多年前，我第一次来到帆游。那时，我还是一个刚出校门不久的年轻人，来找一个叫帆游二嫂的阿姨，她在当地很有名。那天，我骑着永久自行车沿着104国道一路问来，当路人告诉我："这里就是帆游了。"我望向左边，只觉眼前一亮，一座小山在我面前拔地而起，我一下子想起小学语文书中的那篇《桂林山水甲天下》，漓江两岸的山峰都是像竹笋那样拔地而起的，她是来自桂林的飞来峰吗？

骑上老桥，从桥上望去，河水环绕小山，风景优美。她静静地站在那里，像一个朴实的村姑迎接我这个远道而来的客人。那一瞬间，我与她一见如故。

20多年一晃而过，我已年近半百。这些年来，偶尔骑车从国道线或温瑞大道经过帆游附近，我都会转头看一下她。当我远远和她打招呼时，心情都会不由自主地舒畅起来。

今年 5 月 22 日早上，我骑车去瑞安塘下新华中学，这是我去瑞安做禁毒公益宣传的第一站。早一天，我看过 360 地图，还画了张简图，可还是骑错了，我有些紧张，怕会迟到，立马开启手机导航。导航提示我左拐经过永瑞桥前往温瑞大道。一拐进左边的小路，她赫然出现在我面前，初次见面时的记忆一下子复活了。

此时才早上 7 点来钟，人车很少，周围一片安静。老桥已变成新桥，上面有石匾写着是白门姜阿香助建的。站在桥上看过去，除了山顶上安了一个庞大的高压电线架，她一点儿也没变，山下的房子也几无变化，时间在这里仿佛静止了。

她安静地看着我，仿佛在问："老朋友，你还是老样子吗？"

是的，我还是老样子，还像过去那样强壮，还像过去那样不管去哪里都骑自行车，还像过去那样满怀激情，还像过去那样保持本色、不忘初心，时间在我身上并没有带走什么。

和她匆匆别过，我一路疾驰。半小时后到了新华中学，晨会还没开始。邱老师向学生们介绍我时，说我早上骑了 25 公里来给大家上课，所以孩子们听得特别认真。离开时我和邱老师说，能否帮我推广一下公益宣传。他满口答应，说要在政教老师群里推介我。

那天早上，3 个多小时，我空腹来回骑了 50 多公里，只在回来途中吃了一条从家里带来的炼乳（重量13克），到单位时已经精疲力竭，最后1公里完全是凭着意志骑行的。我也稀奇怎么会有这么大的能量。

6月5日上午，我接到邱老师的微信，说已帮我联系了一帮人。果然，接下来微信新朋友添加申请信息接连不断，一天之内我预约下了13所学校，都是塘下附近的。

前阵子，我很想打进瑞安，托了多人牵线却效果不佳，而邱老师在政教老师群里一吆喝，让我一下子打开了局面。

有的事情困难时好比登珠峰，容易时却像串门一样，关键是要遇到热心帮忙的人。在我最需要时，助我一臂之力，成全我公益梦的人，我是多么感激他啊。也许只有屡遭挫折后，才更能体会热心人的价值。

写到此时，我又想起了帆游山。下次再经过帆游时，一定要去她脚下坐一会儿。

众鸟高飞尽，孤云独去闲。

相看两不厌，只有帆游山。

（写于2019年6月22日，发表于《瓯海文艺》2020年第一期）

谁爱这世上的精神病人？

2011 年 1 月 17 日晚上，我写了一篇博文《谁爱这世上的精神病人？》

文中写道：

昨天看了一篇文章，一直在哭。

作者的故事我听过，她讲的时候泣不成声，而我也跟着哭。

作者的父亲在 34 岁时得了精神病，一直折磨家人，殴打她母亲，夜里把冷水倒在奶奶的被子上，拆掉奶奶睡的床，以致奶奶只得出去讨饭；叫女儿们跪在碎玻璃上，把女儿们吊在房梁上，使得孩子们不敢在床上睡觉，只能躲在柜里或阁楼上睡。39 岁那年，父亲的病情更严重了，家人只得把他捆绑起来，但他逃了出去，两个月后，不知是冻死还是饿死或是被人打死，在另一个村子里凄惨地死去，被人用席子一包就埋了。

虽然父亲这样对待她，但她仍很爱父亲，常思念没生病前的父亲,那时的父亲很爱她们。她那时渴望奇迹会发生,父亲不会再打她们,折磨她们。但奇迹没有发生,反而噩耗很快传来。

父亲再疯也是父亲,再折磨孩子,孩子对于生病之前的父亲对自己的种种疼爱也是永远不能忘怀的。孩子对父亲的感情,是很矛盾的。

我不知道那位可怜的父亲在折磨家人的时候心里是怎样想的,或许他根本不知道自己在做什么,在他的脑子里,根本就不认为这是一种暴行,否则他怎么会这样对待自己的母亲、妻子和女儿?

2019年10月,我在惠爱义工队周年庆会议上鼓励义工们再接再厉时,讲了这个例子。我又讲了《疯娘》这篇据说是高考满分的作文(但高考文章不可能写得这么长),我每次读时都会泪流满面。

我对义工们说,在过去黑奴制还没有废除时,有些正义人士为了解放黑奴,就通过各种途径去做宣传,比如立法、演讲、著书等。当时有一个很有名的图像,刻的是一个黑人戴着镣铐抱拳呼喊,下面是一行字:“难道我不也是一个人,一个弟兄吗?”这句话曾感动了不少人,促使他们投入反奴隶制的运动中。

精神病人虽然精神出了问题,但他们也是人,也是我们的弟兄、我们的姐妹。我也很想设计一个这样的图案,让更多人看了会关爱精神病人。

我们辖区的一个小区因为是公租房,所以有100多个精神病人集中居住于此。为了确保这个小区的平安，2018年我们街道的平安个性项目就落在这个小区。想想看100多个病人生活在一起，就像是百子炮（连串的小鞭炮），到了易发病季节，病人会接二连三发病，没完没了。所以，必须有一些有效措施来预防他们发病。

2018年10月，我和一班爱心人士商量之后，得到了他们的响应，组成了一支队伍来关爱病人，每个月做一次上门家访，了解病人的服药、睡眠情况，如果不正常，就及时报告，让精神病防治管理医生及时介入。病人如果有什么烦恼，也可以告诉我们，可以及早做心理咨询。

我给这支队伍取名叫惠爱义工队，因为中国第一家精神病院就叫惠爱医院，在广州芳村，是嘉约翰医生开办的，他把自己的积蓄拿出来办这所医院，收治那些可怜的精神病人，让他们可以得到有效的治疗。

惠爱义工队不是专业团队，只能靠学习、摸索来学会如何帮助这些可怜的病人。义工队成立首日，我就给队员们上了一节课。后来，心理咨询师张帆也给大家上了一课。以后我们还会继续请人来做培训。

为了让轻微的病人可以逐渐像正常人一样去工作，2019年年初开展了农疗、体疗项目。义工们带病人们到牛山下种田，虽然他们也不会做什么，但他们会因为和正常人一起干活而逐渐产生想去工作的念头。

义工们也和病人们一起打乒乓球、气排球，通过打球，让他们产生自我效能感，变得灵活起来，这对于以后去上班是很有益处的。起初是打乒乓球，但发现他们兴趣不大，就让他们和脱毒人员一起打气排球。气排球是集体运动，气氛好，容易学，他们比较喜欢。现在，已有3个病人参加了气排球活动，他们第一次来打球时还笨手笨脚的，第二次就明显灵活起来，能前后左右救球了。当他们打出一个好球时，我们就加以肯定、鼓励，让他们感到自己也是能行的。我们也和其他气排球队相约比赛，以赛促训，这样他们就更有打球的动力了。当男病人能打比赛了，我们就再把女病人也组织起来打球。我的目标是通过打球把10个病人都转化成功，让其到比较容易上手的岗位上班，能自食其力。

一想到这么多病人将在这个小区终老，我就感到自己肩头责任重大，我要尽量提高他们的自理能力，这样当他们的监护人老去时，他们的生活可以过得好些。

（写于2019年12月3日）

惠爱义工队小事记

（一）

惠爱义工队今天下午 3 点在丽庆社区文化礼堂里举行转化培训，10 来位主要义工参加了培训。

我向义工们讲了下阶段要开展的转化计划，即挑选 10 余个病情轻微的病人，让他们和义工们一起参加健身活动，如健身走、打气排球，让他们通过运动，身体得到锻炼，心情得到愉悦，人际交往能力得以提高，尽量提高社会生存能力。

同时，我们要想方设法创造条件，让有能力的病人参加劳动，使他们对未来逐渐产生信心，能积极面对人生。

义工们筛选出 12 个病人，下周五要开会，听取他们本人的意愿，尽早开始健身活动。惠爱的目标是用一年时间让这 12 个人可以正常生活。

（2019 年 1 月 11 日工作手记）

（二）

中午在丽庆社区文化礼堂召开惠爱义工队总结会，虽然街道领导都来不了，只有社区主任做了讲话，但这半小时的会议还是起到了应有作用。

首先，队长读了工作总结和新年计划。三个月做的事也不少了，三次培训，三次分发食物，几次上门家访。明年计划也是三项：陪伴健身、工疗农疗、节日庆祝。

接着，我从电影《红日亭》谈起，红日亭几十年的坚持，几代传承，终成正果。惠爱义工队也要有远大目标，要创成一流品牌。我又讲到自己想做的"大哥"课程，表示一定继续努力直到找到合适人选，争取早日让第一个转变成功，并把它做大，让更多的像阿国那样的少年变成好人。最后讲到三个老人，她们是三姐弟，前几年相继去世，无比凄凉，所以我希望惠爱义工队尽快生出第二支队伍——临终关怀队，参与到这急需的工作中去，让孤寡老人活得有尊严，死了有人送。我说，这个会既是总结会也是动员会，为2019年再接再厉打气，我今年退休了，就和大家一起好好干。

最后，社区主任代表利祥锦园的住户对义工队这些日子所做的工作表示感谢，现在精神病人终于有人爱有人帮了，她作为小区的管理者是最高兴的。

麻雀虽小，五脏俱全。会议时间40分钟不到，干脆利落，干劲儿鼓起来了，方向明确了，现在就扬帆起航吧！

（2019 年 1 月 16 日工作手记）

（三）

下午，在丽庆社区文化礼堂召开转化座谈会，义工来了3个，病人及家属来了6个人。我向病人介绍了转化的计划：一是让他们一起出来健身走、打气排球；二是工疗、农疗；三是节日庆祝。

讨论时，大家说晚上出来健身走比较难，因为吃过药就很想睡，便改为早上走；现在天很冷，最好过年后再走；不要到会昌河水上公园那里，太远了，就在附近走；现在可以先在6幢架空层打乒乓球，定于下周开始，每周一下午3点开始打，在义工群里发通知，大家都可以动员自己组里适合的病人去打，我也过去和他们一起打。

我想打一段时间乒乓球后，就带他们去牛山那里种田，我们种给他们看，也分些绿色农产品给他们，也许他们就会愿意一起干了（那里种的菜可是绝对不打农药、不施化肥的）。

我鼓励他们向前看，只要身体好了，一切该有的就都会有的。我也劝他们要走出来，动起来，和人交往，做些事情。

（2019 年 1 月 18 日工作手记）

（四）

上周五下午开转化座谈会，今天是转化计划实施的第一天，计划实施得怎样呢？

下午3点，我到了利祥锦园，停好车，从社区办公室去6幢的路上看见一个小伙子拿着一个球拍走过来，我想起阿洁上周五说的那个人，猜想大概就是他了。

到了6幢架空层的活动场地，一看原先摆着的乒乓球桌不见了，去2幢找，没有，折回来，在6幢老人活动室外面，我隔着玻璃门看见了里面的乒乓球桌。那个小伙子也朝活动室过来了，我说你是来打乒乓球的吧，他说是。

上周五来的人中，来了两个，一个男的，一个女的。男的会打，女的不会，她说她妈打得很好。我只带了两个球拍，双打不够用，就去社区里拿。

等我回来时，女的走了，我们就3个人打。他俩都是初练水平，当然我也好不了多少。我打了几分钟，就让他们接着打，自己则回单位了。

临走时，我说，如果你们没事，每天下午都可以来打球，会越打越好的。

我想动员更多人来打球，打乒乓球还是很适合他们的。

（2019年1月21日工作手记）

（五）

上午，在瓯越小学丁字桥校区做宣传。

下午2点，在惠爱义工队转化座谈会上，我们定下了两个转化项目——打乒乓球和跳绳、种田，义工们可以报名参加运动队和农活队,每周一到周五上午种田、下午运动,各有两个人来陪伴他们。七月我们要举行乒乓球和跳绳比赛,通过五六月的训练,他们就会有劲儿些,下个月要给他们过父亲节。

回到办公室,看到区禁毒办群里发出一张照片,是我今年写的第二篇文章(简讯),刊在《中国禁毒报》上,报纸是4月16日的,放在桌上好几天了,我却不知道,太不在乎了。

(2019年5月7日工作手记)

(六)

早上在二中做宣传,孩子们听得很认真。

上周三,我和班主任一起去金会昌小区看气排球场地,后天下午吸毒者要恢复打球了。下午,我和惠爱义工队队员说,让精神病人也来一起打,这样既可以帮助到更多人,也容易凑起人数。

等社工考试结束后,我要把农疗做起来。义工说,有个病人希望能有一个工作,工资高低无所谓。他们如果能出去干活,对康复是有很大帮助的。而干农活是非常适合他们的,他们如果掌握了基本技术,可以合伙租田生产,也许以后他们就可以当个小农场主了。

(2019年6月17日工作手记)

（七）

下午作文培训班后，我带女儿、义工和几个病人及其家属，一起到牛山下田里采收玉米。

上周我到田里，阿恩叔正在劳动。上次种下玉米和冬瓜后，他拿来鸽子粪当肥料。他指着饱满的玉米穗子说，可以收一批了，病人带着初熟的果子回家会很高兴的。

明天下午，我将带几个病人去打气排球，希望他们能喜欢打球。

（2019 年 7 月 30 日工作手记）

（八）

上午，在瑞安两个职高做宣传——职业中专学校和永久机电学校。

下午，写好了明天惠爱周年会的培训内容。10 月 10 日是世界精神卫生日，惠爱义工队于去年 10 月成立，一年来做了些事情，但我觉得实在还不够。我希望能通过这次培训，让大家重燃激情，对病人有更多的关爱。

（2019 年 10 月 8 日工作手记）

（九）

下午召开惠爱周年会，希望这个培训会能把义工激发起来，向病人伸出爱的双手。接下来要恢复打球活动，能来几个算几个，贵在坚持。每月在小区里炒粉干时，义工们都能和病人见上一面聊聊天，没下来的则送货上门。种冬菜时，也拉上他们一起种。

（2019 年 10 月 9 日工作手记）

（十）

上午，在瓯海职业中专做宣传。

晚上打球，7 个人。开始时心情不好，但正如《排球女将》的主题曲所唱："痛苦和悲伤，就像球一样，向我袭来，但是现在，青春投进了激烈的球场……"打起球来，心情变开朗了。

运动确实是一种调整心情的好方法，当感到压力过大时，我们可以和那些需要帮助的人一起运动，既帮助了他人，又舒缓了自己。

（2019 年 11 月 22 日工作手记）

（十一）

中午 12 点半到 1 点半在兴通嘉园的球场上打气排球，这里的球场四边有拦网，不用老是跑去捡球。

人越打越多，开始是 4 个人，后来增加到 8 个人，下周应该还会有人加入。中午大家有空，且就在家门口，就是利祥锦园过来也不远，比起周五晚上，也许更容易出来。我相信过不了多久就会有两支队伍，也许还有第三支队伍——女队。

看到吸毒人员和病友球打得越来越好，动作越来越敏捷，我真是无比开心。一个小小的气排球，竟然能给大家带来这么多的快乐，真是意想不到。

如果我不说，从球场边经过的任何人都不会看出来其中有的人是病友。明年当他们上场比赛时，如果我不说，任何人也不会看出来中间有人是病友。

（2019 年 11 月 26 日工作手记）

最有分量的荣誉证书

在杭州旅游时，收到市血站的短信，说我获得了献血个人先进荣誉证书，叫我过去拿。

上午骑了 50 分钟（来回）自行车，拿到了荣誉证书："荣获 2012 — 2015 年度浙江省无偿献血奉献奖，特发此证，以资鼓励。"下面落款是浙江省卫生和计划生育委员会、浙江省红十字会。

家里书柜里红辣辣的荣誉证书有 3 大摞（大多是征文获奖证书），这个证书算是最有分量的。因为，献血是为了救人。有人说，我宁可捐钱，也不献血。也许你可以捐 1 亿元，但这 1 亿元放在一个失血过多而生命垂危的人面前时，却不能救他一命。

我第一次献血是在 2000 年，虽然过去 17 年了，但印象还非常深刻。那天上午去西城路老血站献血，要求空腹，且不能喝水（我想，那次献的血液浓度是现在献的两倍）。虽然一下子身上少了 200 毫升的血，却没有什么疲倦感，下午没有休息，照常工作。从此，每年都去献血。

我以为自己已献 3000 毫升了，叫血站的人查了一下，哪知才 2400 毫升。中间真的有 6 年没献？没献，是因为 2005 年得了肺结核（当年就好了）。

这些年我只有两次不是在单位献的血，一次是情人节在解放路献血车上献血，一次是今年到鞋都广场参加天助百人献血活动，因为相隔半年未到，所以单位的献血任务就只能作罢。单位里很多人对献血不甚了解，故不积极，我鼓励大家献血，对他们说，献血后新陈代谢旺盛了，身体更健康，也不容易患心脏病。在我的推动下，一些人加入了献血队伍。

血站的人告诉我，无偿献血达到 4000 毫升以上的，可以获得浙江省无偿献血荣誉证书，可以在全省享受一系列优惠政策，包括免费游政府投资主办的公园、旅游风景区等场所，到非营利性医疗机构就诊免交门诊诊查费，免费乘坐城市公共交通工具等。我还差 1600 毫升，接下来的 4 年，我每年都献 400 毫升（我以前都是一次只献 200 毫升）。到那时，上车一亮红证书，多自豪啊！

在此，为天助打一下广告，如果你也是温州的献血者，没有单位献血的任务，可以加入天助。

（2017 年 8 月 22 日工作手记）

为什么献血？

上午在天助群里看到一个急需血小板的信息，和联络员联系之后，中午就过去了。

周一刚去过血站，现在又要跑一趟，如果我周一那天不急，两趟就可以并一趟了。验血后，工作人员告知我的血小板不够给别人（血小板计数不达标），我失望地准备离开，但一想，大热天的白跑一趟太可惜了，干脆输全血吧。

因为离 4000 毫升还差 1600 毫升，所以我想从现在开始每次都献 400 毫升，4 次就可以完成这个目标。以前每次只献 200 毫升，所以这么慢。

这次速度很快，感觉和 1 月参加天助在鞋都广场献血那次的时间差不多，5 分钟不到就站起来了。在群里告诉大家血小板没献成而改献全血了，群里的伙伴们夸我是献血英雄。

天助的献血者都是无名英雄，因为大家都是不拿一分钱补贴的。现在单位组织的献血都发补贴，这多少有些物质奖励作用，而天助这几年组织的每次献血活动都是没有一分钱补贴的，当然，其他志愿者机构、义工队组织的献血活动也是这样。

政府为了鼓励无偿献血，规定献血超过 4000 毫升可享受三项免费政策，如果没有这些奖励，是不是还会有很多人愿意这样无私奉献？

如果不是周一时知道了这个政策，那我今天会不会献400 毫升呢？后年 4000 毫升超过了，我还会不会坚持每年献血 800 毫升呢？

有些新温州人为了拿积分让子女能在温州读书，也会去献血，但孩子上学后，还会再献吗？

我希望自己不是那么庸俗，不是为了那三项免费去"卖血"，而是真正为了实践爱的奉献。

100 多年前来到温州的外国人，有些人死在温州，葬在温州，他们把一切都给了我们温州。白累德医院的护士长窦维新，因积劳成疾患子宫肌瘤，由副院长贝南福做手术，但手术不成功，去世时年仅 36 岁，未婚。温州人对她非常爱戴，她的棺材是 8 个人抬上山的，这种荣誉不是一般人能享受的。

我希望我的一生能像她那样，真正做到无私奉献，当离开这个世界时能说我已把所有的（包括我的鲜血）都留给这块土地了。

（2017 年 8 月 25 日工作手记）

后续消息：

（一）

昨天，做宣传回来献血 400 毫升。至此，我已献血 4000 毫升，明年可以获得国家无偿献血奉献奖（铜奖）了。

浙江省鼓励无偿献血的做法在全国来说都是超前的，铜奖获得者在浙江省范围内享受"三免"（免门诊费、免景区门票、免公交地铁票）。鼓励好人好事、见义勇为，应该有更多这样的举措，才能形成一种风尚。

我到现在还没看到谁坐公交车时摸出一个本本亮一下（主要是我很少坐公交车），当看到这样的人时，我会很尊敬他的。

我不是为这个本本而献血。我加入了天助义工队，当有人需要血小板或全血时，只要能献血，我就会去献，一直到不能献为止（60 周岁）。

把血献给需要的人，让他的生命可以延续下去，这是多么美好的事啊！

（2019 年 3 月 21 日工作手记）

（二）

中午，到交运集团拿到了等待已久的"浙江省无偿献血荣誉证"（市献血办委托交运集团办理）。

"三免"的优惠政策，于我来说并没有多少意义。我以骑自行车为主，很少乘公交车，平时也没时间去旅游，很少去看病。但这个证一拿出来，就能让人认出我是一个献血达人，这才是我这么想得到它的原因。

从 2000 年开始献血，20 年献血达到 4200 毫升。往后的日子，我会再接再厉，随时支援需要帮助的人。

（2019 年 9 月 20 日工作手记）

工作室成立了

（一）

上午，去以琳书吧洽谈个人工作室的场地落实事宜。

以琳书吧位于松台广场，环境优雅，面积很大，教室很多，我的工作室如能放在这个地方，位置好，人流量大，就能更好地发挥作用，有利于长远发展。我向书吧负责人讲了工作室的远景，他当场表示同意，并定下 31 日授牌。

晚上第二次打球，许老师说有几个队员进步很快。我听了信心大增，这次比赛我们会拿到好成绩的。集体球类运动能振士气、促团结、提斗志，如果每个单位都有几支球队（必须是自己人，且老中青有不同的项目），而区里又经常组织比赛或单位间比赛，那将有以下两个好处：一是形成浓厚的全民体育氛围，二是提高职工的身体素质、改善精神面貌。

（2019 年 8 月 22 日工作手记）

（二）

昨天工作室授牌，标志着"吴旭东工作室"正式开张。工作室坐落在松台广场边的以琳书吧，有很好的场地，有优美的环境。工作室不只做禁毒公益宣传，还做公益培训、自考助学、问题学生纠偏、戒瘾等一系列项目。

没事找事，这正是我现在的心态。我看到许多人脱不了贫和瘾，上不了大学，找不到活干，看到他们的无助无力，不能撒手不管。

我可以退休而不退，不是缺钱，我很知足。我也不是出尔反尔，言而无信，只是想再利用一下我的身份和资源，等把工作室做大了再退。

我也知道一个人做不了什么，所以呼吁更多人来一起干。如果你刚考了社工证，正要考教师证，想学以致用，找个地方实践所学的，可以来和我一起干。

（2019 年 9 月 1 日工作手记）

（三）

昨天，和以琳书吧的负责人谈了自己的计划，熊孩子班、助学班、辅导刷题班……这些都可以在以琳书吧这个平台上开办。现在要先做好前期准备工作，明年就可以参加创投，有资金就能招人，做成品牌就有希望了。

我单枪匹马做不了事，如今有了以琳书吧的人，又有资金注入，成功的希望就大增了。

身边考了社工证的伙伴们，如果你愿意，可以一起干！

这篇算是招募书了。

（2019 年 9 月 2 日工作手记）

（四）

上午，把作文培训班的招生启事写好发给几个兄弟街道的兄弟们，让他们帮我招生。他们原先是禁毒社工，现在在各社区里工作，有他们推介，招生很快就能完成。我的目标群体是贫穷孩子，有低保的优先考虑。

工作室既然已经成立，就必须马上开始运作。第一个作文培训班上马了，第二个熊孩子班也将闪亮登场。我要打造雷厉风行的作风，坐言起行，用实干精神打造一流的工作室。

（2019 年 9 月 28 日工作手记）

作文班办班记

（一）

上午，在丽庆社区给 30 多个青少年开讲座——"为什么要写作"。这次培训只有一次，一个小时，因为寒假时间比较紧，我只能以激发为主，顺便讲一点儿"借景抒情"的写法。到暑假时再给他们开系列课。

上周六下午，我准备培训课件时，参考了教师资格证书考试专用教材里的内容。双休日两天，我都在看考试教材，感觉收获很多。

（2019 年 1 月 28 日工作手记）

（二）

下午，在三板桥社区进行作文培训，和孩子们谈到自己的写作经历。小学时因作文被老师当作范文而有了当作家的梦想，初中、中专搁笔 7 年，上班后又是 15 年未曾写作，直到 35 岁才开始投稿、参加征文，从此一发不可收，转眼间已经 15 年了。这些年来，征文获奖证书摞起来有半米多，奖金加起来估计两三万了，最得意的是在一次慈善金点子征集活动中获得了并列一等奖，才 1000 字，奖金就有 3000 元。

写作对我的工作的推动作用是显而易见的。我之所以能于 2006 年 6 月 26 日上中央电视台《焦点访谈》栏目，与在《浙江法制报》上发表《回归之路》是分不开的。我将自己做的安置帮教工作写成文章投给《浙江法制报》，于 2005 年 8 月 10 日刊出。9 月 19 日，在《温州晚报》上又发表了《葡萄棚，有个黄丝巾的故事》，从此前州成了南郊的一个禁毒品牌。从 2006 年至今，我在国家级报刊《禁毒周刊》(现在叫《中国禁毒报》)已经发表了几十篇文章，这是我最感到自豪的。那些剪报，我至今仍保存着。

正是因为看到宣传报道对工作的重要性，我才热衷于写作。

（2019 年 2 月 1 日工作手记）

（三）

下午，把丽庆社区的公益作文培训班方案写好了。

我计划用一年时间，给学生们上 18 节课，教授记叙文、议论文写法，并注重实用性，主要讲写作读后感、游记、采访文章、主持稿、演讲稿，以及语言类节目如三句半、快板、小话剧、相声等，为中考作文提前做准备，教学生如何参加征文，如何投稿。

我会采取体验式写作方法，通过情景模拟和角色扮演再现现场，然后写作。我也会让学生互改作文，通过修改别人的文章，防止自己犯同样的错。暑假每周一次，以后每月一次，以保持写作状态。我会以自己十几年的写作经历激励学生，把自己的写作经验传授给学生，以身作则带头写作，和学生一起成长。为了鼓励女儿，我让她当我的助教，做课堂记录，批改学生的作文。

这是"吴旭东工作室"的公益项目之一，第一期培训班学员是丽庆社区的10余名小学低年级学生和翠微校区的10名五年级学生。我希望积累经验，三年连办三期，创成公益培训品牌，并增加其他内容，让更多人得到帮助。

（2019年7月1日工作手记）

（四）

中午献血小板1个单位，可以申请荣誉证书了，下半年到远处做禁毒宣传就可以免费乘公交车和轻轨了。回来后没时间休息，马上就去站头接女儿，然后一起到丽庆社区作文培训班。来了19个学生，我对学生们提出严格要求，要么认真对待，要么趁早退出去干自己喜欢的事。免费的资源是不能浪费的，如果不认真，就不要占用有限名额。

我从自己的经历中深刻体会到写作的重要性。如果人生可以重来，我一定会保持小学时对写作的热爱，在初中和中专好好用功，毕业后坚持创作，那我一定会比校友哲贵厉害多了。

我希望在这19个孩子中能找到几个好苗子，悉心培养，教他们先做人再写作文，让他们通过写作改变自己的命运。

余下的上班时间里，要好好为南郊人民做些实事，培养好下一代，解决一些问题，这是我的愿望。

（2019 年 7 月 2 日工作手记）

（五）

下午，在作文培训班讲"感情感受"。和学生们讲了自己和女儿的一个过节，并且在上周二终于完全解决了问题。

下午培训班只来了 8 个学生，如果这些孩子以后能成为有使命感的写作人，我就没有浪费时间。开学后，我会扩大规模，再拉一班人进来。我也要拉些志同道合的人一起来做公益培训。我相信，只要持之以恒，公益培训品牌一定可以打造成功。

（2019 年 8 月 20 日工作手记）

（六）

下午的作文培训是暑假的最后一次，接下来就是以工作室的名义来开展了。这次培训让我积累了经验，这是最大的收获。我相信当我这样做了之后，一定能吸引志同道合者一起做，尤其是退休教师，他们退休金高，不会计较有无报酬，如能发挥余热，会造福多少穷孩子啊！

如果穷孩子有人帮，他们走上社会时就会有高一点儿的起点，就不会输在起跑线上。我能做的，就是给穷孩子垫几块砖，让他们能够得着未来的选拔线。

（2019 年 8 月 27 日工作手记）

（七）

晚上在作文辅导班，总结了前三次学习的优缺点，给孩子们读了《疯娘》，要他们听后马上写作文，要写得有感情。

这篇文章据说是高考满分作文，每次读它我都会流泪，只是孩子们可能难以体会作者的心情，没什么感触。下次读自己写的《最后的话》，希望他们能有所感触。

一个人看电影或读书时能流下眼泪，基本上会是一个善心人。

（2019 年 10 月 12 日工作手记）

在荒漠甘泉当义工

（一）

周六，到荒漠甘泉戒毒中心做义工。

早上 6:45，荒漠甘泉戒毒中心来接我的人已经在快鹿集团对面等我了。

8 点到了泽雅某村，荒漠甘泉戒毒中心就在路边。一条狗叫着向我扑来，司机跟它说了几句，它马上就不叫了，摇着尾嗅了我几下，接受了我这个新朋友。

这是一座二层楼，楼下摆着一些课桌，楼上是他们的卧室。为了让他们生活充实，每天都有学习，这种学习是一种思想重整，让他们的人生观能有所转变。如果吸毒者仍持过去的人生观，要想改变其行为是很困难的。

我今天的任务，一个是给他们上课，另一个是把无花果树种下去。开水没了，我把电茶壶拿去灌水，水龙头一拧，山水灌满一壶,烧开一看,怎么像淡淡的牛奶呢？

我不敢喝。

旁边一个人说，刚下过雨，山水就是这样的，没事，我们天天喝的。

果然，静置一下，茶壶里的水就清澈了，我用茶叶筒里仅剩的茶叶给自己泡了碗茶。他们烧粉干吃，我则吃半路买的桂香村面包。

9点开始上课。我讲的内容是《从种植看人生》。我对他们说："我知道有些人戒到一半就逃下山了，那些走了的人，他们的结局，就如我刚才所说的，就是失去一切。我希望你们不要半途而废，要坚持到底，直到完全摆脱毒品的控制。"

要让一个人转变观念，需要反复教育，直到其建立新观念，并得到巩固。也许他们已经听了N次类似的内容，但由不同的人使用不同的方式进行继续教育，仍是有必要的。今天的我，用一种他们以前从没接触过的方式，给他们讲身边的事例，也许他们会有不同的理解和感触。

然后，我和他们一起种无花果树。我们分工合作，有的挖坑，有的去运羊栏（厩肥），有的把无花果树从花盆和涂料桶里倒出来抬上去。无花果树一共有11株，其中2株种在屋边，9株种在上面的田里。

和他们一起劳动，感觉很好，他们和我在山下碰到的那些人完全不是一个样子。他们也很高兴，就像一群幼儿园里的孩子玩沙玩水，大概现在他们很少有这样的时光了。

荒漠甘泉有一种奇妙的能力，能让痞气的人变得纯朴，让浪荡的人变得正经。在他们的嘴里，我听不到粗口，那几个 18 日晚上到我单位来运无花果的人，我觉得有些像我在学校里看到的那些大男孩。

12 点，树种好了，也开饭了，桌上摆的是简单的饭菜。我想，如果我在这里吃上一个月，保证可以减掉 5 千克，这是我参加"万步有约"健身走的最后目标。

一放下碗，我和几个人就去砍些叶子给刚种下的无花果树遮阴，因为刚才挖的时候，大多数树都带根太少，如果不遮阴，明后天都是晴天，太阳一晒，叶子恐怕会蔫了。

这时，我发现了一株佛手瓜，刚抽出几条嫩枝，我如获至宝。应该是这里的村民以前种下的，只要给它搭个棚，施些肥，今年就可以收到瓜。

这里荒着的田很多，只要和村民说妥了，只要肯劳动，就有吃不完的新鲜瓜果啊！

午后时分，远望漫山竹林，真羡慕这里的村民，他们世代农耕造纸（不过现在没造了），过着与世无争的宁静生活，我也想常来这里，洗洗肺，出出汗，带些自己种的新鲜瓜果回家。

这些原本碰得头破血流的人，在这里过着极其简单的物质生活（没有网络，没有电视，没有手机），没有粉友、损友找上门来，可以慢慢养好身体，养好被腐蚀的心灵，然后重新上场，他们真是有福啊！

我想到我所接触到的那些人，如果他们都能来这里生养休息，那该多好啊！可是，他们不愿来。

在回家路上，我和司机说，以后要养羊养鸡，要种很大的一个无花果园，开一个微店，卖生产的农产品，养活自己，改善生活，扩大规模。

我想，以后每个月最少来这里一趟。

（2017 年 4 月 22 日工作手记）

（二）

上周六到泽雅山上，和荒漠甘泉的戒瘾者们度过了开心的一天。

他们开车到天长社区接我。在车上，我看到他们刚买来的 5 只小鸡。中途，他们又停车买了 6 包菜籽，有油冬菜、香菇菜等。他们想下午就种菜，我说肯定种不了，因为要先做田垄，再弄些肥料来，打好底肥才能种。我建议他们买两只山羊来繁殖，大家轮流割草喂羊。他们说，这样心会散了。我知道急不来，那就等他们尝到种菜养鸡的甜头后再说吧！

适当的劳动，可以丰富山上的生活，也可以减少开支。

一个月不见，山上增加了 3 张新面孔，但也有一两张老面孔不见了。戒瘾就是这样的，人员是有流动的。

我开始和他们谈一些人生的基本问题，这是一个良好的开端。我都谈了些什么呢？我跟他们谈三观，谈择业。

三观正，人生道路才会正。他们之所以走了歪路，就是三观出了问题，所以我把三观问题提出来。我分析不同的三观，让他们选择。当然这不是一次就能奏效的，下次我还得变个花样来教导他们，毕竟要矫正错误观念并且建立正确三观是需要反复教导的。

我也告诉他们要做正经事业，哪些职业必须拒绝，他们以后肯定是要下山创业的，必须早点儿告诉他们一些基本原则。

很多事都是需要被教导的，没有人天生就知道如何正确选择。这些是他们所需要的知识，所以他们听得很认真，有时也会提问一下。能够互动，说明我们之间开始建立起一种好的关系，我希望下个月会有更多的交流。

我希望我所讲的对他们以后的人生有所帮助，能够让他们不会再做错误的选择。

中午，ZQ 告诉了我他的故事。

他是五马街道大高桥社区的，和我同岁，到山上才 3 个月，却已有脱胎换骨的变化。他吸毒很久，知道靠自己是无能为力的，难道就这样一直吸到死吗？

这次上山，让他的人生有了新的开始。当他戒毒时，原先那种无法忍受的痛苦感觉一点儿也没有出现。更稀奇的是，他每天自量血压，发现血压也变正常了。

听了他的故事，我觉得特别开心。我要听到的就是像 ZQ 这样的故事，终于如愿以偿。

你说，我能不开心吗？

（2017 年 9 月 18 日工作手记）

（三）

前天一上山，就看到佛手瓜、南瓜和 3 只鸡，让我惊喜连连。

两个月不见，佛手瓜、南瓜终于见果了，LH 说已经吃了好些了。中午，饭桌上有佛手瓜炒肉，佛手瓜切成丝，像萝卜丝，吃起来味道还不错。只是由于没有搭棚，所以佛手瓜结得不多，天冷了，结不了几个了，可惜啊！明年一定要搭棚。

上次和我一起上山的小鸡，已经有半斤重了，在地上欢快地跑着。LH 说那只被狗咬了翅膀的没几天就死了，还有几只也都夭折了。散养鸡就是难养，这 3 只鸡能活到现在，应该不会再有什么意外了。

我上课时，给他们讲世界观的改变。观念直接决定人的行为，我举了印度的种姓制度。种姓制度是以血统论为基础的社会体系，根深蒂固地存在于印度人心中。同样，持宿命论的人总是认为，自己再努力也是无法改变命运的。如果一个人死抱一种顽固观念，别人是无论如何也帮不了他的。

一个经过几十年塑造已经定型的歪曲观念，靠修修补补、敲敲打打是不可能扭转的，只能推倒重来。但我怎么能改变面前这些人的观念呢？能凭一个月的几个小时就让他们回心转意吗？

但我相信，他们是可以改变的。中午，ZQ 告诉我他的故事，身体上的改变是他想不通的，心理上的改变也是他事先根本没想到的。所以，我相信，我所讲的这些，他会听得进去，这些话会改变他的余生，其他人同样也会听得进去。

他与我同岁，未婚，虽然在别人看来他的一生和我可能完全没法相比，但是我相信，他的余生会有很多可能，也许他会赶上来和我并驾齐驱呢！

ZQ 告诉我，如果上次没去街道要求恢复社区戒毒，他现在就不会在这里了。一旦镇派出所来检查，他就会因为拒绝社区戒毒而被关进去了。

我听了，也为他高兴。

这些在山上戒瘾的人，虽然曾经犯过不少错，但我觉得他们还有希望。他们知道自己的路走不下去了，所以到这里来寻求改变，他们的人生开始转向，开始步入正道，有了起色。而山下一些人却是一条道走到黑，不到死地心不死。

下山时，LH 给我带了 4 个佛手瓜，我想把这 4 个都种下去。4 个瓜炒起来只有一大盘，但种下去，一年后结出来就是 4 大筐了。

这些人以后下了山，也可能像甘雨一样，能让许多人发生改变。

（2017 年 11 月 20 日工作手记）

熊孩子班的思路

以下是今天写成的熊孩子班教育思路——通过打气排球对问题学生进行纠偏。

每个学校都有一些学生存在各种问题，如爱与人打架（有些是因人际交往能力不行，有些则是有暴力倾向）、网瘾、游戏瘾等。校方因为纠偏手段单一，如果无效的话，错过解决问题的时机，就会加剧问题的严重性。

近两年来，由于温州第三十一中学取消了，一些学校的学生存在敲诈、霸凌等问题，甚至充当黑社会的马仔，校方对此无计可施。在第三十一中学未复校之前，依靠社会力量，尝试有效方法，使这些孩子悬崖勒马，势在必行。

吴旭东工作室是挂靠在浙江华福慈善基金会名下的公益机构，2020 年计划通过打气排球对问题学生进行纠偏。

气排球是一种适合零基础的人参加的运动，技术要求低,动作简单易学,运动量适中,两边分开,基本上不会受伤。经常开展队与队之间的比赛,让学生们尝到胜利的滋味,产生自我效能感和自信心,对于在学校里没有存在感或成就感的问题学生来说,是一种有效的弥补。

为了消除问题学生被贴标签的感觉,工作室以组织气排球联赛的名义向各校发出邀请,各校动员问题学生报名参加,由工作室代训,一年后工作室组织比赛,对获奖队进行表彰。

工作室以学校为单位组队,每个学校至少要有6人参加,单独成队,这样学生有集体荣誉感。第一期对象为小学高年级(4~6年级),以后计划增加初中学生。

工作室和家长、校方签订免责协议书,每周(周末一个下午)开展一次训练,时长4小时,以气排球训练为主打内容,再增加其他活动。内容有以下几方面:

一是合唱团。这是学电影《放牛班的春天》中的做法。

二是户外运动,包括定向运动等。这是一种体能训练,但比较有趣味性。

三是观影。看励志电影并讨论,写观后感,培养其文字能力。

在活动过程中,通过沟通谈话,循循善诱,促其思想转变,使其对网络、游戏的迷恋转移到与人交往和其他健康爱好上,从而使其戒除瘾癖,并培养其生命意识、集体意识、团队精神、拼搏精神,使其融入集体,杜绝不良行为。

救一个孩子，等于救一个家庭。亡羊补牢，为时不晚。让我们行动起来！

有意者请与工作室联系，联系电话 0577-56966200。

（2019 年 12 月 12 日工作手记）

让孤儿和孤老住在一起

因各种原因被父母遗弃的孤儿，目前唯一的去处就是儿童福利院。但是，现在我市儿童福利院里，一个房间里有十几个孩子，只有一两个保育员，孩子们根本无法得到足够的抚摸和拥抱，这会给他们的健康成长带来不可挽回的损失。

对此，这几年来儿童福利院有了一些改进，现已在院外租房开设了四个"爱心家庭"，花钱雇外来人员当"父母"，让那些身体正常或较为正常的孤儿在"爱心家庭"里得到更全面的照顾，可以像正常的孩子一样过上家庭生活。也有一些孤儿在一些家庭里寄养，一个家庭只养一个孩子，比起"爱心家庭"中一对"父母"照顾八九个孩子，这些孩子能得到更多的关爱。

但是，"爱心家庭"和寄养家庭里的孩子人数占总孤儿人数的比例还很小，而且有些寄养家庭因为种种原因不想再养了，这个项目有可能最终会叫停。如何让更多孩子能享受到家庭的温暖，有待各方面继续努力。下面，我想提一些建议。

一是让孤儿进入敬老院。敬老院里的老人和福利院里的孤儿都需要别人的关爱，如果让两者走到一起，就可以互相满足，一老一少相得益彰。建议挑选一批条件达标的敬老院，把给寄养家庭的钱给敬老院，让其接收一部分孩子，孩子们就可以和那些身体状况比较好的老人们在一起玩乐，甚至可以住在同一个房间里，老人们有了伴解了闷，孩子们则有了慈祥的爷爷奶奶。敬老院里，护理人员、医务人员齐全，孩子们的生活问题、生病问题都不用愁，也不存在寄养家庭里大人被孩子拖住后腿外出不方便的问题。

二是让孤儿进低保家庭。低保户收入低，他们因各种原因无法获取稍高的稳定收入，靠政府给的救助金只能维持最低的生活水平。如果能在低保户中挑选一些符合条件的家庭，使其成为寄养家庭，他们就可以得到更多的收入。他们挣钱没有门路，创业几无可能，如果福利院提供了这个机会，相信他们会乐意接受的。他们既能自食其力，又成就了爱心行动，一举两得，何乐不为？当然，也要做好监督和评估，防止他们把应该用在孤儿身上的钱挪作他用。

如果福利院里大量孤儿都有了好的去处，导致经费不够，可以向社会募捐，向慈善机构要求支援。

以上两项措施，都是利用已有或现成的资源，不需要再去创造什么条件，只要有关部门牵个线搭个桥，就可以成行。

贵州省贵阳市有很多寄养家庭，许多孤儿都生活在爱心人士的温暖怀抱里，我看了一份介绍资料，非常感动。我们温州更应该成为一个"温暖之州"，让福利院里更多的孩子都能有一个幸福的童年。

（写于 2013 年，获温州市慈善金点子并列特等奖）

工 作

不改本色，不忘初心

1989 年 8 月，我从温州农业学校毕业，成为一名国家行政干部（即现在的公务员）。走上工作岗位，有了可以支配的工资收入，作为一个贫困家庭的长子，我曾想过，是不是该给自己换一下形象了，即便不跟潮流，最起码也得和自己现在的身份相称啊！

父母从小对我的言传身教，一直以来在学校接受的思想教育，以及艰苦生活的影响（在猪栏外面洗过澡，甚至在河里洗过澡），使我已经养成勤俭节约的习惯，所以我仍然采取俭朴的生活方式，与在校时几无区别。

1990 年 8 月，一位新来的同事和我同坐在一个办公室。他大专刚刚毕业，家里很有钱，一身名牌，抽的是软壳中华。我们俩形成鲜明的对比。但我还算沉得住气，直到 1991 年到杭州出差，在同学的鼓动下我才大出手了一回。

那年 5 月，我和一个同学代领导到杭州参加培训，是第一次出门。报到后没事做，同学就拉着我去四季青服装市场买衣服。我本来不想去，但他说："杭州的衣服比温州便宜，既然来了，总要买件回去。"我只好跟他去了。

这个市场很大，比木杓巷还热闹，很多经营户都是温州人。到了一个店铺前，同学说他跟这家老板熟，卖的是苹果牌。我对什么正宗名牌毫无概念，什么苹果梨子，一窍不通，他却非常内行，穿的都是梦特娇，两三百一件，且在学校时就这样了。哪像我，穿的都是三四十元一件的，都是在环城路夜摊买的。

我说不想买正宗名牌的，他说："你也要打扮一下，整天穿得像个打工仔也不好。"我只好不作声了。

他和老板娘说了一下，就挑了件西服叫我试一下。我一穿，觉得有些紧，想换一件大些的，看看却没有，只好算了。一问价格，老板娘说："200块。"

我一听，有些不相信耳朵，200块，比我一个月的工资还多，我想说不买了。但同学说，这比温州便宜多了。

我很是舍不得地摸出20张10块钱，她数了一下，塞进腰包，拿来一个塑料袋，把西服反过来折好放进袋子递给我。他也买了一件，然后我们就回学校了。

一路上，我一直心疼那200块，上了公交车上还精神恍惚，不相信自己一个月的工资就换来手里这袋东西。

我一直在想，到底该不该买这身衣服，到底需不需要名牌。我有必要像其他人那样用正宗名牌来包装自己吗？有了正宗的西服，还要有正宗羊毛衫、衬衫、皮鞋，没有五六百块拿不下来，一身肯定不行，要换洗嘛，两身就要

1000多块，这还是冬装，还有夏装、春秋装呢，一年收入全都花在衣装上还不够，这就是代价！这代价我付得起吗？家里三兄弟，父亲因此停薪留职办了一个小厂，每天起早摸黑拼命干，我能这样高消费吗？

我有些后悔，但又不能说出来，我知道回家后妈妈一定会说我浪费的，到时候我就准备让她骂骂出气吧！

回到学校寝室，我又把西服拿出来穿了一下，现在穿还可以，但过年的时候穿上毛衣肯定穿不下了，我买这身衣服，就是为过年准备的，过年不能穿，那不是白买了？唉，都怪我一时头脑发热，下不为例，切记切记！

花200元买个教训，那也是值得的。以后，我再也不追求名牌了，只穿普通服装好了。

两年后的8月24日，我看到报纸上的一篇文章《陈独秀儿孙们的命运》，很受触动，在日记本上中写道：

陈独秀的长子陈延年、次子陈乔年，是中共早期著名的政治活动家，他们堪称早期革命家中艰苦朴素的典范。陈独秀提倡"兽性主义"教育，即"意志顽狠，善斗不屈；体魄强健，力抗自然；信赖本能，不依他为活；顺性率真，不饰伪自文。"他首先在自己子女身上付诸实施。陈延年两兄弟一面打工一面读书，每月每人领取父亲规定的5元钱生活补贴，晚上寄宿在《新青年》杂志发行所的地板上。一件衣服一年四季不离身，常常啃冷烧饼、喝自来水以解饥渴。1919年，两兄弟赴法勤工俭学，每餐拿面包沾蘸酱油吃。1923年，赴莫斯科读大学，吃的是黑面包，里面常有干草，勉强咽下去，三四天大便不通，陈延年却对人说他一生未曾有过这么好的生活。他曾任中共南方区委书记，当时国共合作，许多共产党员在国民党党政军中任职，领着不薄的薪金，一些人穿着军装，吃得起大餐，他却还是穿一身半旧的粗哔叽学生装，脚上是从国外穿回来的皮鞋。在广东工作三年，一直是这身打扮，领、袖破烂，油迹斑斑。别人劝他换一件新衣，他只点头微笑。他吃饭是有什么吃什么，从不挑剔。

我在日记本上写下一段话："看了他们两兄弟的生活，我自愧不如，我虽自以为能吃苦耐劳、生活俭朴，但与他们相比，实在相差很远……所以今后一定要严格要求自己，杜绝一切享受。"

陈家兄弟的生活，给我留下了终生难忘的印象，对我产生了不可磨灭的影响。我时时把陈延年作为自己的榜样，向陈延年看齐。

生活条件的改善，是好事，也是考验。"自古英雄多磨难，从来纨绔少伟男。"连任三届英国首相的撒切尔夫人曾说："我的一切成就都归功于我父亲罗伯茨先生对我的教育培养。"她早年生活清淡艰苦，家里没有洗澡间、自来热水和室内厕所，她自己没有值钱的东西，难得看一次电影或戏剧。这并不是因为罗伯茨没有钱，而是他执意为女儿创造一种节俭朴素、拼搏向上、赤手空拳打天下的氛围。当看到这段文字时，我更坚定了自己的决心——一辈子过简单生活！

现在，我仍每天骑自行车出行，一个面包和一杯白开水就能解决一餐，每两个月花 15 元剃一次头，仍用着 4 年前 500 多块钱买的诺基亚（只是为了使用微信才又用了一只赠送的智能手机）。虽然工资比起过去高了不少，但我的消费仍停留在 20 多年前的水平。

我仍坚持洗冷水浴，自己洗衣洗碗拖地，不叫钟点工，不让人代劳。勤俭节约给我带来了健康的身体、年轻的容颜、健美的身材，许多人都说我看起来才 30 多岁，这是一个多么好的奖赏啊！

我时刻提醒自己——你不过是一个穷孩子，怎么能乱花钱呢？还有无数人生活在贫穷中，你怎么能只顾自己享受呢？如果只想着过舒适生活，你就会失去前进的动力，你还能有什么作为呢？你必须像路遥那样，有一种苦行僧精神，却创作出最好的作品。

我很感激，在成长的年代一直受到艰苦奋斗的教育，不管是在家里还是在学校里，这种观念一直支配着我，让我没有在今天迷失方向，我仍会这样一直走下去。我也会教育我的女儿，让她知道什么才是真正的富足、真正的享受。

（2017 年 2 月发表于《鹿之鸣》总第 43、44 期）

责任重于泰山

2011 年 4 月 14 日下午 2 点 25 分，乡政府大楼，一阵铃声响起，全体工作人员都集中到三楼大礼堂里开会。这是一个消防安全工作紧急会议。

4 月 11 日，龙港发生一起火灾，造成 7 死 3 伤的悲剧，也给全市各级政府工作人员敲响了安全生产和消防安全的警钟。

火灾后，几个同事就说，接下来肯定要下去做大排查。果然，乡里开会了，每个人的弦都绷紧起来。听领导通报龙港 "4·11" 事件时，我心里有些沉重。

我想到 4 年前那个被烈火烧死的不幸的女孩。2007 年 2 月 2 日，这个日子永远印在我的记忆深处，甚至比汶川地震更让我刻骨铭心。它使我更加体会到消防安全对于生命的重要，特别是对于孩子来说。

那天正好是我值班，凌晨 3 点多电话骤然响起，把我们从睡梦中惊醒，原来是住在德政村的一个同事打过来的，说德政东路发生了火灾。

一报告领导，我立即赶赴现场。老远就看见前面浓烟滚滚，火光冲天。走近一看，几十间店面已经化为灰烬，只剩下一副躯壳。从睡梦中匆匆逃出来的人们惊恐未定，诉说着刚才那死里逃生的恐怖经历。我在现场调查伤亡情况，人们都在传说一个6岁的小女孩被烧死了。这是真的吗？我见到了死者父亲的叔叔，他说自己好不容易把卷门打开，把死者的母亲从里面拉出来，里面已经是一片火光了，母亲想冲进去抱女儿，他们把她死死拉住，大家眼睁睁地看着大火吞灭了一切。

听他们说那个叫黄蒙蒙的小女孩只有6岁，是个长得非常可爱的孩子，一朵鲜花还没开放就枯萎了。这该诅咒的火魔！

我呆呆地看着一片狼藉的废墟，想象着孩子被母亲从梦乡里叫醒，坐在被窝里，一个火团从上面掉下来，她一下子成了一个火人，一声惨叫，就从床上滚下去了，只几秒钟，生命就结束了。我的心酸了。

我也想象着母亲那悲痛欲绝、号啕大哭的样子，我的心又是一阵酸痛。她已经怀孕6个月了，我更担心的是她腹中的胎儿，一个已经走了，已经无法挽回了，另一个如果再有个三长两短，她该怎么办？她的丈夫该怎么办？

殡仪馆的车开来了，孩子的尸体被消防队员抱出来，已经不成人形了。同事拍了一张照片，拍的时候手一直在抖，太惨不忍睹了，一个上午他都感到难受。

后来，我看到了孩子的父亲，他坐在那里边哭边抹眼泪，他昨天出差了，竟发生这样的悲剧，我知道他心里是无比的后悔。

孩子的母亲被送进医院，寻死寻活的。丈夫去安慰，却根本安慰不了。整个上午，我都在想着这可怜的一家：一个被烧成了炭，一个躺在医院里伤心欲绝，一个面对飞来横祸而不知所措，一个昨天还充满温馨的家庭，只过了短短的二十几个小时就变成了悲惨世界。这可憎的火灾！

第二天中午，我又碰到了孩子的叔叔，他说嫂嫂一直在哭，不肯吃饭，也不肯输液。他哥哥也很绝望，说如果胎儿死了，他也不想活了。下午，我来到医院里，看到那位可怜的母亲躺在床上一直在呼唤着女儿的名字。我的鼻子酸酸的，但只能强作坚强，劝她为胎儿着想，喝点牛奶。后来，她终于喝下点儿牛奶，经检查胎儿也都正常。我终于放下了心里的那颗大石头。

有了那次难忘的经历，我对消防安全工作有了全新的认识。这是为了孩子不再死亡，为了母亲不再流泪。这是给人们增加逃生的一线希望，给每个家庭增加一份生命的保险！

在下去检查出租房或企业时，我再也不敢掉以轻心。因为我知道，一时疏忽，可能就会造成工人或承租人的莫大悲剧。

有一次，我碰到一个出租房存在"三合一"问题，楼下是鞋材加工厂，楼上住人。我紧盯不放，软硬兼施，去了十几次，通过各种途径做工作，最后终于使工厂搬了出去。现在回过头看，自己都奇怪当时怎么会那样有韧性。

然而，我发现许多企业主根本不重视安全，个别企业每次检查时都发现有住人现象。有的房东根本不肯为承租人着想，无论我们怎么说，都无动于衷。世界上怎么会有这样漠视生命的人！

或许只有死亡才能唤醒他们。当事故发生时，当火焰吞灭生命时，当站在被告席时，后悔也没用了。

每个正在参与消防整治的人啊，每个与安全生产有关的人啊，你看到那一朵朵枯萎的花蕾了吗？你看到那一颗颗晶莹的母亲之泪了吗？每一个有着舐犊之情的父母，每一个享受天伦之乐的人，请尽你最大的力量，让悲剧不要因着你我的缘故而重演！

人命关天，生命重于一切，所以责任重于泰山。

（此文在 2008 年温州市鹿城区安全生产演讲中获二等奖，内容修改后参加 2012 年全国首届清剿火患战役消防文学作品大赛获得三等奖，收录于《凤凰涅槃》）

务实清廉，居安思危

2012 年 8 月 5 日下午，瓯海区郭溪街道郭南村发生粉尘爆炸，事故造成 13 人死亡、15 人受伤，其中 6 人重伤。今年 4 月，该事故的调查报告正式发布，从报告中可以看出当地政府工作不力，管理不到位，打非治违和隐患排查治理不够深入、不够彻底。最后，3 人被刑事立案，包括瓯海区区长在内的共计 14 人被党纪或政纪处分，其中网格协管员被辞退。

这是一个沉痛的教训，前车之鉴，后事之师。如果还不警钟长鸣，这样的悲剧就可能发生在我们身上。

安监工作不务实，不清廉，两者都可能会造成企业和我们个人出事，都是安监工作之大忌。

调到公共安全办虽然才一年多时间，但之前我已有好几年安全生产和出租房检查的经历，有一些亲身体会。我想结合自己的经历，谈谈务实和廉洁对安监工作的重要性。

首先，务实是安全的前提。

　　如果我们工作不踏实，比如排查不深入，检查不认真，整治不彻底，那么我们的辖区就会存在大量"定时炸弹"，这些炸弹什么时候爆炸，我们是不知道的。如果我们的工作就是形式主义，是走过场的，那么每次救火车警笛声响起的时候，我们就会心有余悸。

　　过去，我负责检查的区域是葡萄工业区，一些企业常存侥幸心理，和我玩猫和老鼠的游戏，"三合一"问题一而再、再而三被我查到。每次，我都毫不客气地给他们开整改书，并上报给安监中队，直到把那些顽固不化的企业主彻底治服。

　　我负责葡萄村出租房的消防安全，有一户房东是警察，楼上租给散客，楼下租给鞋材加工厂，是典型的"三合一"。我一次次上门要求工厂主搬出去，又找房东协商，在坚持不懈的努力下，终于拔掉了这个钉子。对此，我觉得非常自豪，只要认真，没有办不了的事。

　　现在，我在安监中队主要是负责标准化创建，深知创建对于提高企业安全系数的作用，所以一直脚踏实地地开展工作，收集资料做成模板发给每个企业，对经办人实行"一对一"跟踪督工，给一些经办人开小灶"手把手"地教，打电话带他们去创建成功的企业取经。我对企业的人说，即使叫中介做，你们也要参与进去，否则创建对于企业安全并没有真正的益处。

　　工作务实不务实，就看我们有没有真正为企业着想，而其实这也是为我们自己考虑。只有工作做到位了，企业才安全，我们也安全。

其次，清廉是安全的保证。

一些企业被发现隐患时，为了省事省钱，管理人员往往会给检查人员好处，要求睁只眼闭只眼，放企业一马。如果我们不保持警惕，是很容易被这些糖衣炮弹击中的。一旦发生事故，责任倒查，双方都逃不了干系。我们坚持原则办事，既是对自己的保护，也是对企业安全的保证。

我刚才讲的鞋材加工厂，小老板见我紧盯不放，有一天等我和同事再次到工厂时，他趁同事不在身边，悄悄地往我裤袋里塞东西。我抓住他的手一看，原来是一叠钱。我正色道："你怎么能这样做！快拿起来！"他不好意思地把手缩了回去。

后来在另一个村整治出租房时，领导要求我们搞几个典型，结果一个群租房房东就成了整改对象。我们常常过去督促他整改到位，他则舍不得花钱，能省则省，当然这样是过不了关的。他一见我来，就头痛三分。有一天，他来到我办公室里，站在我面前，一声不响，放下一叠钱就走。我抓起钱来扔过去，他吓了一跳，惶恐不安地拿着钱退了出去。

今年9月，一个企业的老板到我们办公室里来说标准化创建的事，给我留下一张卡走了。过了十几天，那个企业另一个老板过来，我就叫他拿回去。

千里之堤，溃于蚁穴。我想如果有了第一次，就会有第二次，决不开始就永远不会有事。

安监工作，只有做到务实又清廉，才能使自己和企业真正安全。

愿我们在座的每一位，都能筑起篱笆，居安思危！

（获2013年区纪委、区安监局举办的"讲党性、转作风、树形象——反腐倡廉演讲比赛"二等奖）

我的普法往事

　　我曾经也是一个法制工作者，在乡镇综治办工作了八九年，经历过"四五"普法和"五五"普法，而我的单位也曾获得区"四五"普法先进集体的荣誉。虽然我现在不再从事综治工作，但无法割舍对普法工作的那份感情，普法好像成了我的一项终身任务，这大概是长期从事某项工作的人都会有的一种自我要求。现在只要我有了机会，还是会去客串一下普法工作者。

　　法制宣传做得好坏，直接关系到法治社会建设的好坏。虽然宣传教育不像打击防控这些实的工作，它是虚的，但却是预防违法犯罪最直接、最有效的途径。也正因为它是虚的，所以往往被人们所忽视，更因为大多时候宣教形式陈旧、一成不变，所以常常起不到好的效果。所以，普法工作者要多动脑筋，在宣传形式上变变花样，经常推陈出新，给人以新鲜感，这样宣传教育的效果自然就会大大提高了。

　　我想起自己这些年来的一些普法创新之举，在这里旧事重提，抛砖引玉，和大家探讨一下怎样把普法工作做好。

2005 年，我看到区禁毒办采取文艺巡回演出进行禁毒宣传的效果很好，自己也曾上台打快板，就萌生了拉起一支文艺小分队深入村居、学校和企业巡回宣传的念头。可是，科室里只有我和另一个同事能上台表演，根本无法组成一支文艺队伍。所以，我就想向其他科室借兵，因为其他科室也有文艺人才。考虑到他们也有自己的宣传任务，如果演出时能把各自的内容都放在一起宣传，他们一定会愿意参与这种新模式。我把这个捆绑式文艺宣传模式与各科室的科长商量，他们都觉得不错，这个方案也得到了领导的支持。于是，我开始动手创作节目，撰写主持稿。我写了一个群体快板和三句半，言语类节目较能讲明法律内容，基本上都是采取生动的事例来说明违法的后果，比如吸毒、酿成火灾，以起警钟之效，而主持稿则可以在介绍节目时把一些法律内容连带讲出来。我们排练了两个来月，并请文化馆老师过来指导，最后大家都能讲得很熟了，配合得也很默契了。10 月 26 日首次在市机械技校演出。那天晚上，全校千余名学生安安静静地坐在操场上观看我们演出，对于这些学生来说，他们一生中还是第一次接受这么新颖的法制教育。

2006 年 4 月，我看到《禁毒周刊》上有一则报道，说北京市开展禁毒预防教育时采取了参与式培训模式，于是我就想在乡里也尝试一下这种全新的方式。但是，报道里只说有很多游戏，没有详细的细节说明。对于这种从来没有接触过的新事物，如何着手实施呢？我找到了许多游戏，根据禁毒及青少年预防教育的要求，挑选了一些游戏并进行改造，写好培训方案，然后和温州大学城市学院的志愿者队伍接洽，并把他们带到南汇小学上了一节示范课。

我是在六年级一个班级里上的课，先是讲两个故事，其中一个是丢丢的故事。1997 年，吸毒女郭某把自己 3 岁的孩子抵押给三个吸毒者，结果孩子被折磨得遍体鳞伤。当我讲这个故事时，自己很动感情，讲好后把丢丢那血肉模糊的图片给学生们看，学生们都非常震惊。

接下来是多媒体和实物教材的运用，我播放了一段视频，又让学生们看了毒品模型，然后让他们至少讲出 6 种毒品的名称和特征，使他们更直观地认识了毒品。

示范课的高潮是游戏部分，其中有一个"难逃毒网"的游戏。十几个学生围成一个大圈，把 5 个学生围在里面，里面的人竭力想逃出去，但是外面的人不让他们钻出去，3 分钟过去了，一个人也没能逃出来。游戏结束时，我问在里面的学生是什么感受，一个学生回答："我觉得很不爽。"

我说："如果你吸毒，或者犯了罪，那种感觉将会更不爽。人一旦吸了毒，就无法摆脱毒品，一日吸毒，终身戒毒。人如果违法犯罪，也是一样，会一直陷在其中。所以，我们每个人都不能尝第一口毒，或以身试法。"

每个游戏都让学生们受到了深刻的教育。由于参与充分，形式活泼，所以学生们自始至终保持着浓厚兴趣，40 分钟一闪而过，结束时仍意犹未尽。随后，大学生志愿者们在 3 所小学都举办了培训班，取得了很好的教育效果。

11月底，我们又与温州大学瓯江学院联合成立了社会实践基地，利用法律专业大学生的特长，一起开展捆绑式法律宣传，于12月26日到市二十一中给初三毕业班学生上了一节班会课。

那时，我还有一个设想，以文艺轻骑兵形式上路宣传，比如在工业区趁工人下班的机会，把两辆皮卡车车尾相对拼成一个舞台，拉起横幅，挂上图片，音箱里播放音乐，站在车上表演节目，并在人群中分发宣传资料。这种街头式的宣传，比起文艺大篷车更简易方便、机动灵活。只是到了2007年1月，我就调离了综治办，许多工作计划都无法实施，觉得非常遗憾。

2007年年底，我代表单位参加第一届"红蜻蜓杯"魅力家庭电视大赛，和妻子一起表演了一个禁毒小品，最后进入决赛，获得健康风尚奖。无独有偶，获得第一名的也是一个禁毒内容的双簧，我们两个节目都寓教于乐，在广大电视观众面前当了一回禁毒宣传员。我想，这也算是一种创新的宣传方式吧！今后，我还会利用一切机会来为普法尽上一份微薄之力。

我相信，只要我们肯借鉴他人的方法并加以改进，是不愁没有好思路、好法子的。当我们有了创新思维，普法工作就一定会变得有声有色，大受老百姓欢迎。

（2010年获温州市公务员学法用法征文一等奖）

职务之外的责任

离开乡禁毒办已经一个多月了，但我总觉得不能就这样离开那些吸毒者，还要继续关心帮助他们。更何况我还是一个禁毒媒体的特约记者，仍可以写关于禁毒前线的稿子，仍可以为禁毒工作尽自己的绵薄之力。

我在想，到底是什么，让我离开了禁毒办的岗位，仍对禁毒事业有挥之不去的牵挂呢？

托尔斯泰在《复活》中有一段聂赫留朵夫的话，这是他看到两个犯人在押解途中中暑死后想到的："因为他们在自己面前看见的并不是人，不是对他们应尽的责任，而是职务以及职务上的要求，他们把这种要求摆在人与人的关系之上……"

我想，过去我对吸毒者所做的帮教、安置工作，有多少不是出于职务以及职务上的要求，而是出于对他们应尽的责任？我发现，在工作岗位上，完全是出于职务上的要求，而现在离开了原来的工作岗位，则完全是出于责任心了。

但是，禁毒办的工作也让我走近了这些被抛弃的人。当走得越近，我对他们了解得越多，对他们也就越难以离弃。就像有条无形的绳子，已经把我和他们连在一起；又像老师对毕业离校的学生，总有那么一份牵挂。我想只要干过较长时间禁毒工作的人，都会有这种情感吧！

春节前，我陪同现任乡禁毒办主任去两个吸毒者家里慰问并送去慰问金，看到他们艰苦的生活处境，心里隐隐作痛。我知道，这不过是冰山一角，没看到的更多。他们是因为吸食毒品，才落到这个地步。作为一个与禁毒工作有着千丝万缕联系的我，又怎能把他们撇下，不为他们做些什么呢？

（发表于2007年4月7日《禁毒周刊》，此刊后改为《中国禁毒报》）

愿世间不再有这样的悲剧

7 年前，我曾陪朋友送她父亲走完最后一程，那是我一生中最特殊的一次送丧经历。

她和我已经很久未见面了，但今天当我想起她时，我在想一个问题——这些年的清明节，她是怎么度过的呢？

2009 年，她大学毕业回来，父母已经离婚。因为父亲屡戒屡吸，母亲再也无法与父亲一起生活了，她被判给父亲，但几乎没多少时间能看见父亲。

她记得小时候父亲对她很好，但自从吸毒之后，父亲就像变了一个人似的，她仿佛再也不认识那个亲爱的人了。

一天，她忽然接到母亲的电话，说父亲死了，已经拉到火葬场了。手足无措的她打电话给我，于是我和另外两个朋友一起陪她到了她父亲的住处。

一走进那个套间，我就闻到一股浓烈的消毒药水气味。她说父亲被发现时，已经死了好几天了，尸体高度腐烂。

我们都无法想象她父亲死前那几天是怎样度过的。我对她说："最大的可能是注射过量直接死亡。"

注射过量直接死亡，对她来说是无法想象的。但她只能接受这个残酷的现实。

第二天早上，我们和她来到火葬场，她父亲这边的亲戚只来了几个人，她母亲也到场。没有任何告别仪式，大家站在那里，看着尸袋被放上推车推向焚尸炉。

那一刻，我心情无比沉重。那双强壮有力的手，曾把她高高举起，那张带着胡子茬的脸，曾贴在她的脸上，而如今父亲将化为一缕轻烟，仅剩几块白骨，少许灰烬。

我无法想象那个早上她的所思所想。此刻在我的心里一下子充满了悲哀，如同自己离世让女儿无限悲伤一样。

那年，我离开禁毒办已经 3 年了。离开前，我们乡里已经死了两个吸毒的人。直到那一天，我才真正明白，涉毒人员名册上"死亡"那两个字到底意味着什么。

去年年底，我再次回到禁毒办，发现 8 年来死亡人数增加到了 10 人。一个个年轻的生命，一个个活生生的人，就在这几年里撒手而去，他们的孩子，也像我那朋友一样，永远失去了父亲或母亲。

"清明时节雨纷纷，路上行人欲断魂。"再过几天，杜牧的诗会让那些人想起曾经的悲伤。而我该做些什么，才能让辖区里的孩子不会失去父母，父母不会失去孩子呢？

（发表于 2016 年 4 月 1 日《中国禁毒报》）

禁毒工作的体会

从 1997 年开始，到 2007 年年初离开禁毒办，我一共干了 9 年禁毒工作。去年 9 月轮岗，又回到了禁毒办。我已工作 27 年，干过好几个岗位，觉得还是这项工作最有意义。

禁毒办就是帮人脱毒，防人吸毒。我们不像《湄公河行动》里面的那些警察那样彪悍，深入虎穴抓毒贩，我们有些像邻家大哥，帮助那些从所里出来的人在社区戒毒，回归社会，苦口婆心告诉每个人，为了你的幸福，千万不要以身试毒。

禁毒工作，是体力、脑力相结合，既要动脑动情，又要动口动脚动手。这"五动"都到位了，禁毒工作肯定能做得很好，这是我的体会。

要想真正干好一项工作，得脑洞大开，创新方法，花样百出，人无我有。禁毒宣传如果一直用一种办法，即使方法再好，也会失去新鲜感，效果便打了折扣。今年，我就采取了好几个点子。一是到辖区几个学校里做晨会短讲，多举南郊发生的例子，时间不长，10分钟不到，干脆利落，效率特高。二是到学校里开展文艺捆绑宣传，以生命教育为主题，节目有快板、三句半，最后是有奖问答，中间插入一个禁毒游戏——"难逃毒网，远离为是"。半个小时下来，学生们意犹未尽。在暑假里，我还到几个社区利用文艺演出的机会表演禁毒节目，并开展《从种植看人生》讲座，讲自己种无花果树的亲身经历，让孩子们知道毒品对人生的危害，从而自觉远离毒品。

干禁毒工作一定要勤快，不能只坐在办公室里指挥学校，得一家学校一家学校地跑，和老师联络感情，获得校方的支持。现在，学校里有这么多的宣传任务，而老师们还是以教学为主要任务的，你不跑，毒品预防教育就落实不下去。所以上学期一开学，我就跑遍了辖区所有学校，和校长、老师沟通，取得他们的支持，然后一家一家上门去做宣传。

除此之外还要动情，即动之以情。和老师们沟通时，我总是讲这样几句话："我在南郊工作27年了，算半个南郊人，我把南郊的子弟当成自己的孩子，所以，我是一定要把学校这块工作做好的。"我相信，只要晓之以理，动之以情，老师和校长们都会给予支持的。

每当戒毒者到街道来，经过禁毒社工帮教之后，我都会和他再聊一会儿，了解他的生活情况，问他是否需要帮助，问他孩子多大了。然后告诉他，孩子都这么大了，为了孩子，一定要努力戒毒啊！这样做，对于他们这些人，也许更有效。

为了让吸毒人员有一份工作，可以顺利回归社会，一年来，我一直奔波呼吁。这个月 11 日，终于有一个企业答应招收我们的吸毒人员，签了安置协议。我心里那块大石头终于落地了，这是何等欣慰啊！

我还有一个勤就是手勤，自己动手写快板、三句半，还有就是把干了的事写成文章投给国家级禁毒刊物，过去那几年在《禁毒周刊》上发了十几篇文章，今年已经发表了 5 篇文章。因为积极报道，我们的安置点在 2006 年国际禁毒日还上了《焦点访谈》栏目。我写文章，就是为了交流自己的经验和心得，在更大范围里推动禁毒工作的开展。

作为一个从事特殊事业的劳动者，请大家对我的服务对象能多一点儿理解，多一点儿善意。这是我今晚最后的话。

（写于 2016 年 11 月 19 日，获得区总工会"咱们的劳动故事"演讲比赛二等奖）

我是一名"走心工匠"

工匠精神首次出现在总理的政府工作报告中，并入选2016年十大流行语。

我不是工匠，是公务员，不和产品打交道，而是和人打交道，挽救人脱离毒品的控制，预防人陷入毒品的罗网。

我们面对的不是产品，是一个人，一个人就是一条命，生命是高于一切的。我们不是处理吸毒者名册上的一个个数据，而是和一个个活生生的人打交道，这个人后面还有很多家人和亲戚。而预防教育工作面对的是全社会的人，如果我们的工作没做好，将会有多少无辜的人倒在毒品的魔爪之下？

面对汹涌毒情，我们没有选择，只有把工作做到最好，才能把毒品对人的危害降到最低程度。

禁毒工作者，就是一个"走心工匠"：一要给所有"产品"镀上防护层，以免其变成废品；二要变废为宝，让"废品"变成"良品"。而这两点，都必须走心灵之路，故名"走心工匠"。所以今天的我，以一名"走心工匠"自居。

这两个任务，都不是容易完成的。因为人不是物质产品，是精神产品，精神产品是极难塑造的，需要用最有效的方法去塑造，出差错了则需要长时间去改造，改造好了还要长期维护，稍不留心可能就会反复出现问题，这就需要我们这些工匠有长期作业的思想准备，要有经历反复的心理准备，更要有竭尽全力追求成功的自我要求，因为每个人的人生只有一次，输不起，我们要做一个麦田守护者，也要做一个心灵挽救者。

企业匠人要有匠心追求，禁毒工作者更要有工匠精神。说实话，禁毒工作做得好与坏，效果相差十万八千里。无论安置、帮教、宣传，有没有尽力而为，是不是不断创新，走不走心灵之路，那会产生完全不同的效果。

做人的工作，若不走心，几乎是无效的。比如，你与对象做帮教谈话，如果只是例行公事地一问一答，机械式地重复几句"不要吸毒啊"。他是左耳进右耳出，一点儿也不可能改变的。但如果你是走心的，真诚对待他，关心他，设身处地地为他着想，他会将你当作朋友。人终究是会改变的。浪子回头，就是这样发生的。所以，谈话时，尽管心里对他们的表现非常不满，我还是会苦口婆心地相劝。

比如，你好不容易给他安排了一个工作，安置任务看似完成了，但如果他在企业里与人相处不好，或受到不公平对待（这是完全有可能的，因为一些人歧视吸毒者），你又没继续关心他，嘘寒问暖，可能这个安置工作马上就会泡汤了。2 月安置的两个人，我总是隔三岔五地打电话问一下他们干得怎么样，他们总是向我诉苦，我则给他们打气，或帮他们向公司领导反映。

又比如宣传，现在大多数的宣传都是上街摆一下摊，签一下名，分一下资料，挂一下横幅，摆一下展板；学校老师则是照本宣科，老生常谈。而走心的宣传完全不一样，它不是一本正经，给人以说教的感觉，而是采取趣味化的方式，用游戏、节目、表演来述说一个个吸毒者的悲惨故事，寓教于乐，让人容易接受。一年多来，我曾用过的方式有游戏"难逃毒网，远离为是"（在学校企业做过，还以"快闪"的形式在车站做过）、快板《阿久的故事》（也有三句半）、扑克牌魔术表演《我能把你看中的都抽掉》、"冰壶"表演《吸毒会给你人生留下污点》。我也搭"你是我的小苹果"的便车，改编了一个"你是我的平安果"，让学生们又唱又跳。

走心就是打感情牌。当前的禁毒宣传，基本上只走讲理、讲法的路子，告诉人们毒品对身体、家庭和社会的危害，吸毒是违法行为，但我加上讲情的路子，讲那些吸毒者家破人亡的案例时讲出自己的感受，引起听众的共鸣，"情、理、法"三管齐下，宣传效果就大大增强了。

我去学校，都是在晨会上做宣传，一个人一台戏，一次 20 分钟，干脆利落，所有人都听得到，效率最大化。今年三个月以来，我已经向 22000 多名学生做了宣传，跨区、跨市（到杭州），广受欢迎。

现在的我，看到自己的宣传品牌不断趋向完美，就像看到自己的孩子茁壮成长一样。我把每天所做的事写成《禁毒办的故事》（连载），发在微信朋友圈里，每每看到别人点赞时，心里真是何等欢喜！

如果当初没有工匠精神的自我要求，我就不可能有今天这样的成绩。今后，我要继续探索，不断改善，要让我的这个宣传品牌成为中国禁毒宣传的一张名牌。

（写于2017年6月5日，获得市总工会"践行工匠精神"主题征文三等奖）

站在颁奖台上

2006 年，我收获了工作上最大的果实——安置帮教基地前州建材经营部于 6 月 26 日国际禁毒日上了中央台《焦点访谈》，我在全国人民面前讲了一个感人的故事——"黄丝巾的故事"。

12 年后，2018 年 6 月 20 日晚上，我站在鹿城文化中心舞台上，接受鹿城区"最美禁毒人"的颁奖，我的心再次激动地跳跃。

从 2015 年 9 月重回禁毒办到这一天，已经两年九个月，这期间我付出的并不少于当年的，却一直寂寂无闻。

我常想，如果这个荣誉今年仍不降临，我会不会打住不做？我曾灰心过，也失望过，但决不会停住前进的脚步。

"每学期在辖区学校均开展一次禁毒晨会宣传，以节目、游戏、魔术作开场白，讲解里面的深刻教训，并以身边吸毒者的悲惨故事为例，达到良好效果。每个学期都换花样、换例子，让学生们一直保持新鲜感。2017 年我开始跨街道、跨区、跨市到各校做宣传，全年共有 15 所辖区外学校 17480 人受到教育。今年截至 5 月 7 日，已去辖区外 12 所学校做宣传，11100 名师生受了教育，今后争取达到 5 万人。2006 年，拍摄禁毒公益片《毒网难逃，远离为是》。2017 年，又拍摄了两个视频，供学校下载使用。2017 年建设了两个安置点，共接收 7 名对象，竭力帮助安置点解决场地问题，并帮助转型。对吸毒者真情帮助，用所学的心理咨询知识为他们消除烦恼，疏解情绪，防止复吸。"

这是我在区"最美禁毒人"候选推荐表事迹栏上写的内容。

截至 6 月 25 日，今年我已到 33 个学校做宣传，共 3.2 万名学生接受了预防教育。我也去黄龙戒毒所给戒毒人员开讲座。这一切，我都是额外做的。

去年一年，我在朋友圈里每个工作日发工作手记——《禁毒办的故事》，共写了 18.9 万字，许多人看了以后纷纷点赞。我的两位老师（小学语文老师、初中班主任）更是铁杆读者，让我倍受鼓励。而我们街道的禁毒结对单位区妇联把推荐名额给了我，让我感到付出的一切都是值得的。

4 月 19 日上午，我来回骑了两个小时，到某校做宣传。离开时，政教老师邀请我再去给学生们开讲座，虽然要骑 15 公里，我还是一口答应了。

　　每次当我站在台上，看到面前一排排学生，就像看到自己的女儿，想到他们的人生就处在毒品的威胁之下，毒贩就在他们身边转悠，心里不寒而栗。禁毒宣传必须像一声惊雷，唤醒每只不想听的耳朵；必须像一道闪电，刺醒每双不想看的眼睛。所以，我用魔术游戏和惊人案例来震动他们的灵魂，让他们感受到毒品的可怕。我用过游戏"难逃毒网，远离为是"、扑克牌魔术《我能把你看中的都抽掉》、箱子魔术《胖子进去瘦子出来，瘦子进去骷髅出来》、套绳魔术《五子登科全没了》、快板和三句半《阿久的故事》，还以"生命教育"的讲座进行宣传。

　　当准备离开学校赶回单位时，听到那些可爱的孩子们跟我告别，我心里应道："是的，我们很快又会再见的！"

　　我建了一个微信群，把去过的每个学校的老师都拉进来，方便以后预约。我也请老师们帮我牵线，让我能实现今年"百校十万"的目标。

　　为什么我要这样马不停蹄地四处宣传呢？

　　2009 年，我曾亲眼看过一个吸毒者的尸体放在推车上拉去火化，他的亲人没有一点儿眼泪，没有一点儿哀伤。那人不是我们辖区的，那时我离开禁毒办也已经两年了，但那一幕却永远留在我的脑海里。

　　我们辖区一名吸毒者死前一年多的时间里，我一直苦劝其别再吸毒了，但他仍一直吸，最终病入膏肓而死。看到白发人送黑发人，我怎能不对毒品深恶痛绝？

　　1952 年，诺贝尔和平奖获得者艾伯特·史怀哲曾说过：

"无论在何地，都要竭尽全力去做好事。每个人都在用自己的方式努力实现自身的真正价值。你必须留出一些时间给你的同胞们，记住，你不只身生活在这个世界上，你的兄弟姐妹也在这里。"这句话说到了我的心里。

我这辈子就是要跟毒品死嗑到底，即使退休了，还会一直做禁毒宣传。

（写于2018年7月，获第十四届"牵手青春"温州青年文化节之"禁毒有我"主题征文二等奖）

回归之路

第一次和林某某见面是在十里亭社区。而第一次知道他是个归正人员则是 5 年前，那时我和同事一起去葡萄村他家里帮教，却没有碰到他。

直到去年我进驻十里亭社区后，才知道他当时一直找不到事做，每次社区主任找他帮教时，他都发牢骚说社会不给他安排工作，不愿意来见面。

记得他当时带过来一句话："我们没有饭吃了，你们不要把我逼到老路上去。"这句话一直在我的脑海里挥之不去。

事后，我写了篇文章，反映了归正人员中存在的这种不稳定因素。在那篇文章最后，我写道：他们虽然不是田里的稻，也是田里的草啊！

当时，我真的很想为他们做一些事，帮他们找到一份工作，让他们真正回归社会，可是这谈何容易。

我曾看过一篇文章，讲到荷兰有一个公司，招收的全部是吸毒人员。如果温州也有这样的公司或工厂，那该多好啊。

从那以后，我再也没见过林某某，真的很担心他会重走老路。

去年 8 月，社区李主任告诉我，林某某的大儿子考上大学了。我把这事告诉了乡长，后来乡里给了他家 500 元补助，是他妻子来拿的，她对乡里的照顾非常感激。

今年正月里，我和李主任开展节日帮教时，到了新桥他租来的房子里（他家拆迁），他又不在家，妻子说他很少在家，回家也不说自己在干什么，她的话里充满了怨意。

今年 4 月底，我和葡萄村治保干部下去帮教时，在北方托运部找到了一个叫陈某某的归正人员。陈说自己现在在搞沙石，并说是和一班归正人员合伙搞，其中提到了林某某的名字，说林某某是他们的领头人。我忙问，林某某就在离家这么近的地方搞建材，为什么不回家呢？他说林某某天天待在公司里，很忙。我听了，心里一块石头落了地。

陈某某 6 月又来到乡里，想给托运部做个招牌，来城管部门办审批。我又拉住他聊了聊。

陈某某说，他们公司是去年 8 月创办的。他们一班人从戒毒劳教所出来后，都没有事做，不是他们不想去找事做，而是没文化没技术，也没人敢招他们。他们觉得自己好像成了社会的弃儿，没有工作，生活也没有规律，当过去的粉友找上门来，很快就又吸上了，二进宫、三进宫。他们都觉得，这样下去只有死路一条。

后来，他们看到会昌河水上公园和生态村建设需要大量建材，觉得办建材经营部提供沙石是条出路，就自筹资金建起沙场。村两委对他们很支持，把他们介绍给建设单位。就这样，建材经营部开张了，林某某任经理，共有10来个人，其中6个人是吸毒的，另3人也有前科。我问林某某现在怎么了。陈某某说，他胖多了，并说他常说"是共产党救了我这条命"。

过了3天，我们在葡萄村帮教吸毒人员。我事先和林某某通了电话，叫他把手下人召集起来，我和村治保干部去他那里集体帮教。那天下着大雨，我们来到台州桥边的沙场。林某某在办公室里，其他归正人员也陆续到齐了。

在帮教会上，他们讲起现在的生活，都非常感谢村干部的支持，说如果没有村干部的支持，他们早就办不下去了。原来，村里还有另一个建材经营部，是征地户集资办起来的。在竞争过程中，那些村民说他们是犯过罪的，不能让他们搞沙石。但村两委的态度很鲜明，顶住压力做工作，才说服了那些村民。

我很能理解村干部的心情，就像一个父亲有两个儿子，一个是孝子，一个是浪子，但手心手背都是肉，都是亲生的，都要吃饭，而且对浪子需要多帮助一点儿，才能使他真正回头。他们也很争气，坚持走合法经营的道路，并以质量取胜，每个人都到工地现场监工，以保质保量完成任务。

我鼓励他们以后要更好地配合帮教工作，按时做尿检，争取早日全部脱毒，用自己的行动转变人们的成见。同时，我答应为他们向有关部门提出免税申请。

这次帮教的效果还是不错的，从他们脸上可以看出对未来都充满了自信。他们不是孤单的，在他们身后，有社会给予的强有力支持。

回去以后，我和司法所的人商量了免税的事，很快就把他们的申请报告递交给了司法局。我真的希望林某某他们的路越走越宽。

（发表于 2005 年 8 月 10 日《浙江法制报》）

我帮阿兵说情记

上午，我走进十里亭社区办公室，分管禁毒工作的张老伯一看见我，就打招呼："吴主任，这么早来我们这里有什么事啊？"

我说："我来找你们主任有点儿事，她在吗？"

"在里面呢，你进去吧。"

我和主任谈完事出来时，张老伯笑眯眯地告诉我一个好消息："我侄儿阿兵再过四个月就要脱毒了。昨天碰到他，他还和我说起你，说多亏了你，才有他的今天。"

此时，那天阿兵到我办公室的一幕又浮现在我眼前。

那天，即将被单位开除的阿兵，第一次自己找上门来，坐到我的对面，简单地说了自己的处境，然后递给我一张字迹潦草的报告，低声下气地说："领导，你能否出面给我说说情？我现在已经无路可走了，你可要帮我啊！"

阿兵有着一个令人羡慕的工作，现在却因吸毒面临卷铺盖走人的命运。他之所以一大早来向我求助，也是出于无奈。社区主任曾告诉我，他刚从里面出来时，打他手机找他帮教，他态度很差，不说自己的住址，接过两次电话后干脆一看是这个号码就不接了。后来，我和主任好不容易找到他，也领教了他那爱理不理、死猪不怕开水烫的态度。

我知道如果这次拉他一把，他可能会从此自新，至少以后会配合帮教，人总是记情的。但这个忙啊，也实在太难帮了，我们乡镇是最基层了，去市级单位说情，人家会把你放在眼里吗？我心里一点儿也没底。

我还有一个担心，吸毒被单位开除是一个惯例，我有这么大的能耐打破这个惯例吗？

可是，我还是不由自主说："我去试试看，尽力而为。"

阿兵像抓住了一根救命稻草一样，眼睛一亮，"你们单位出面讲情，准行。"

看来，他对我帮这个忙是寄予厚望了。可手头工作实在太忙了，我只能说："我这几天事情都挤在一起，也不知道什么时间才有空，这样吧，我一定抽个时间去一下。"

阿兵看我答应了，说了声谢谢，离开了办公室。

他走后，我在想自己该如何去做这个说客的工作。他那个上级主管单位我一个熟人也没有，我过去可能人家理都不理我。但不管怎样，我决定先以单位的名义打个报告。

三天后一个下着大雨的下午，我开电动车到了那个单位，裤子下半截全湿透了。

我就这样湿漉漉地站在那个领导面前，他听了我的来意，又扫了一眼递给他的报告，直截了当地说："我们

这里正式人员尚且马上开除，何况他一个农民工，更不用
说了。"

我连忙说："话不能这样说，吸毒者如果愿意改正自
新，我们政府应该帮助他、鼓舞他，尽量安置他，你们保
留他的工作，就等于政府安置了他一样，对他来说是一个
很大的鼓舞，他会更加努力脱毒的。如果他失去了工作，
那会对他造成很大的打击，他会消沉下去的。"

领导的口气稍微有些软下来了，说："从你们的角度讲，
也许是需要帮助他的，可是他这个人太不像话了，停薪留
职不去上班，单位对他来说有什么用，有没有单位还不是
一样……"

我又打断他的话："以前他不懂事，现在他知道单位
的重要性了，我们应该给他一个机会，让他重新再来一次。
帮帮他，这个社会就会少一个危险分子。"

他沉吟一阵子，说："好吧，你的报告先放在这里，
等正式讨论决定这事时我们会考虑的。"

走出办公室，我心里实在没有一点儿把握……

我把这个结果告诉了阿兵，他似乎早有心理准备，一
边说谢谢，一边央求我再为他想想办法。

电话里，阿兵说："我这份工作如果失去了，那就是
社会把我逼到老路上去！"

我严肃地对阿兵说："无论工作保住与否，你都决不
能再去吸毒！你如果再吸毒，受伤害的只会是你自己。"

在接下去的3个月里，他时不时打电话过来，有时还

叫别人打电话来，我可以体会到他的心情。

9月，他告诉我一个消息，马上就要决定去留了，但是由另一个部门来决定。看来，情况有些峰回路转了，我答应再替他跑一趟。

这次，我拉上了司法局两劳科的两位同志，我们一行3人登门拜访。

报告递上去过了没几天，阿兵打来电话说工作保住了。一听到这个消息，我第一时间告诉了两劳科的科长，让她也分享这个喜讯。

我由衷地为阿兵高兴，更希望他会一直珍惜命运对他的特别优待。

谨以此篇勉励每个参与安置帮教的禁毒工作者，也鼓舞每个徘徊在社会边缘的愿意脱毒者。

（发表于 2008 年 8 月 2 日《禁毒周刊》，人物所用的是化名）

安置点终于建好了

从一开始，我就知道建安置点并非易事，纵使这样也没想到会经历这么多的曲折，如今安置点顺利建成，我心中的一块大石头也总算落了地。

我们街道的吸毒人员安置工作曾上过中央台的《焦点访谈》栏目，受到大家认可。去年10月，当重新回到禁毒岗位时，我就想着怎样再为吸毒人员找一个落脚的地方，让愿戒毒的人员都能自食其力，生活充实，顺利脱毒。在我看来，如果没有一份稳定的工作，他们很难真正戒断毒瘾。于是，让他们做什么，怎样寻找和提供工作机会，便成了急需解决的难题。

一个偶然的机会，我听说咪表公司曾到我们社区招人，机会不容错过。但今年1月，我拿着一份要求接收吸毒人员的函前往咪表公司时，却收到了那里要裁员的通知。在困难面前，我并没有气馁。4月，一个服务对象说自己在做爱心驿站，村里有场地，可以租来办洗车场。我听后大喜。

于是，我们便开始在村里寻找合适的场地，但要租地的人很多，反反复复，事情谈了三四个月还是功亏一篑。

11 月，就在我以为安置点再也无法建成时，传来一个好消息——一个企业要租用我们街道一块闲置地办二手车市场。

我马上和企业的经理取得了联系，并提供了服务对象的简历。"4 个人中只有一个勉强看得上"，听到经理这样的回答，我的心冷了一大截。随后，经理又说这事由副经理负责，于是我对副经理苦口婆心讲了一大堆要支持戒毒人员重回社会的话，建议企业能提供更多的岗位。

两天过去了，企业那边没有一点儿音信，我心里发慌，担心这事又黄了。到了第三天，让我始料未及的是，对方愿意接收 3 个人。至此，这条艰难的安置之路终于取得阶段性成果。

回顾这一年，好几次我都想放弃，看到人家不支持，我想自己何必继续坚持下去。但一想到戒毒人员父母那迫切的眼神，一想到他们家人殷切的期望，我就又有了继续努力的动力。这个点建成后，我们将继续探索，建立更多的安置点。

（发表于 2016 年 12 月 9 日《中国禁毒报》）

爱使春回

　　章兰新是我辖区内一名吸毒者，从 1999 年开始吸毒，直到 2014 年，15 年来反复吸毒戒毒，有一定程度上瘾。2015 年 12 月 22 日上午，章兰新的母亲在儿子出戒毒所前到街道里来，我告诉她章兰新出来后如没事可干，我们会为他找一份工作（去泊车公司上班）。章母很感动，说儿子一回家就叫他马上来报到。2016 年 1 月 25 日，章母说儿子快出戒毒所时和人打架，所以延期出所。2 月 14 日，章兰新到我们办公室报到，开始做社区康复。他当时 43 岁，孩子 5 岁了。我劝他好好去挣钱，把孩子培养好，还要给孩子做榜样。我希望用家庭责任感来激发他的创业动力，并保证帮助他创业，有什么困难尽管找我。

　　第二天，他和另外两个人来到我办公室商量合伙的事，他提出在村安置房店面里找一间办洗车场，我觉得他创业意愿强烈，只要发挥这个优势，他的注意力会从毒品完全转移到工作上，创业成功的美好愿景会成为他戒毒的动力。我要尽自己所能帮助他创业，助他一臂之力，扶他上马再陪他走一程。

　　由于村里没有合适的店面，我只能去其他村找场地，但一直谈不下来。半年时间里，我徒劳无功地奔走着。我有时打电话给他，把工作进度告诉他，叫他自己也找找门路。有一次，他说要开一个面店，因为在那一带没面店，他若开的话是第一家。我鼓励他好好干。

12 月的一天，我打电话问他店面租下了没有，他说还没搞定，又说自己住院了，是胃出血。我叫他要注意身体。

今年 2 月，我打电话问他店面租下了没有，他说自己在上海。我觉得奇怪，他怎么会跑到上海了呢？

4 月 16 日，社工说他做尿检的时间已到期限了，但联系不上。这是以前从未发生过的事，我觉得奇怪，他不会又吸毒了吧？

我联系他母亲，了解到他现在很少回家，他要租村里的店面，租金要 11 万，还要装修，家里根本拿不出这么多钱，叫他用自家的店面开店，他又不肯，还把来劝他的哥哥和姐夫都骂了。原来他和家人闹僵了，之所以停机，就是不想让家人找到他。我觉得他有些任性，太不体谅母亲的难处了。我又有些担心，怕他因为家人不支持创业，会再去吸毒，这样我们就前功尽弃了。

家人的支持是非常重要的，没有这种支持力，一个人是不可能真正脱毒的；家庭关系出了问题，吸毒者很容易去找毒品，毒品对于吸毒者来说，是安慰剂。我要他母亲无论如何都要找到他，使他感受到家人的接纳。

4 月 18 日，东屿警务室打来电话，说他到警务室做了尿检，我这才放下心来。我见到他，责怪他不该停机，他解释说手机在上海丢了。我劝他要理解母亲的处境，与家人和好，他一一接受。

4 月 24 日，我刚刚得知一个吸毒者因为胃出血抢救无效而死，马上打电话给他，嘱咐他以后要注意身体。我又问他是不是和家人和好了，他说还没有。我知道他一下子还搁不下面子，那就慢慢来吧。

接下来发生的事，让我感到他的改变有了重大突破。5 月 15 日，我打电话问他愿不愿意当保安（我们刚安置了两名吸毒者当保安），他说不用了，下午送东西给我们尝尝。我猜想，他是不是有什么新动作了。

下午 3 点，他兴冲冲来了，拿来 3 瓶刚刚出炉的油炸潺鱼干。他说他以后就做食品生意，马上要申请商标，名字也想好了，叫"妈妈的味道"，接下来要租块地，增加花色品种，往后还有很多事要我帮忙。我说你只管开口，我能帮的一定帮到底。

他母亲说，他现在应该没有吸毒了，她愿意借钱帮他创业（大概需要 10 来万）。我为他能获得家庭的支持而感到由衷的高兴，默默祝愿他的食品店早日开张，生意兴隆。

7 月 12 日，我再次联系他，得知他在通过微商销售食品，我更放心了。章兰新之所以能走出低谷，和家庭的支持、我们的关心是分不开的，正是来自各方的爱，让这个一再陷入毒品泥淖的人，重新找到了拼搏的理由。

（写于 2017 年 5 月 16 日，人物所用的是化名）

扶上马儿送一程

2018 年 6 月 27 日下午，鹿城区南郊街道葡萄村甲里桥 14-4 地块三洋六元洗车场里，街道党工委书记和区禁毒办领导将"南郊街道安置帮教基地"的匾牌递给曾经的吸毒人员陈某某，这标志着历时整整一年的吸毒人员安置工作终于大功告成。

时间回溯到 2017 年 3 月 13 日，那天葡萄村村民陈某某到我们禁毒办来报到。陈某某 1998 年初次吸毒被拘留，1998 年 5 月复吸被强戒，1998 年 12 月复吸被强戒，2001 年 10 月又复吸被强戒，2012 年 7 月复吸被强戒，2017 年 2 月又复吸而接受社区戒毒。7 月 11 日，陈某某来接受帮教时，说自己想办一个洗车场。7 月 14 日，陈某某再来找我，提出了一个更大的创业计划——创办停车场，作施救中心停车用，并吸纳村里好几个吸毒者。我一听就觉得这事可行，答应帮他创业，并以 2006 年我们的安置基地前州建材经营部上中央电视台《焦点访谈》栏目的事来激励他。他听了，劲头更大了。

我带陈某某到街道主任那里，主任表示应该支持，说街道不收租金，叫他只管用。很快，洗车场就开张了，停车场也于9月初正式停放违停车。10月9日早上，我骑车经过停车场时，看到里面的车比上个月多了不少，我发了个微信给他，他先谢了我，然后说："我们大家一定会为你争口气，好好做人，争取做一个对社会无害的人。"

没想到两天后的早上，一个晴天霹雳把我打晕了：土地储备中心发函给街道，说陈某某侵占国有土地，要求街道处理。我犹如当头被浇了一盆冷水，带他去找主任。原来是一个泥浆处理企业看上了这块地，要求租两年，月底就要腾空。我对主任说，陈某某这几年清运看守场地，没有功劳也有苦劳，他又愿意缴租金，只是没有租金标准才没缴成，不能算是侵占国有资产，如果真要退场，要给他多留一些面积，不能让他太吃亏。主任答应尽量争取保住洗车场。后来企业没租成，这场风波终于平息了。

春节过后，风波再起。3月1日早上，一个管拆迁的领导说区里的引进项目（另一家泥浆处理公司）要用这个地块，要求陈某某在3月17日前退场。我又带陈某某到分管领导、管拆迁的领导那里磨嘴皮，我据理力争，说建停车场是街道安置任务必须完成，凡事有个先来后到，同样都是免费用地，为什么不照顾本村的弱势群体。

经过十几天的努力，在街道领导的大力支持下，最后在原地块给陈某某留下600平方米（可以长期免费使用），让他在隔壁村租下3000来平方米已平整的地，租金3元一平方（村里租出是10元一平方的），另外让他平整了600

平方米免费使用。3月20日下午，新场地租赁协议顺利签订。当时我也在场，看着他签好字，心里一块石头终于落地了。陈某某看到我完全站在他这一边，而不是站在对立面（按理说我作为政府工作人员应该为区引进项目说话才是），他心里的感动是前所未有的。

陈某某从青少年时期开始就混社会，吃了多年牢饭，脾气暴躁，容易冲动，不考虑后果。在两次地块收回过程中，他因为想不通，曾有过激言论，说自己宁可再吃牢饭，也不退出。在第二次风波时，新场地一时之间难以寻到，且要花一大笔租金，引进项目又不能延期，街道的催促似紧锣密鼓。面对重重困难和巨大压力，陈某某灰心、悲观，晚上睡不着觉。我运用心理咨询知识，尽量疏导、安抚陈某某的情绪，经过一次次耐心细致的思想工作，使他的情绪平息下来，最终愿意配合街道工作。

到了新场地，车一下子少了，有时一天才10来辆车，重新投入这么多钱，生意却不好，他又有很大的压力。我不时打电话给他，或微信留言关心他，劝他加快转型脚步。

从一开始我就有种预感，这个地块是用不长久的，一定要转型，我要他想想有什么好的项目可以代替。事实证明了我的预见，当风波起时，我催促他做快餐店，这样安置基地可以持续发展，我也会为他牵线搭桥，帮助他与人合作。

每次陈某某来我这里，或是我到他那里，我都会劝他一定要好好做人，要脱离过去的交际圈，要有一个脱胎换骨的改变。我两次到他家里，与他父母、本人长谈。除了给他打气疏导外，我讲得最多的是做人的道理，动之以情，晓之以理，潜移默化，帮助他建立正确的三观，只有三观正了，以后才会走在正路上，才会去帮助别人。

这一年多时间里，陈某某每次尿检随叫随到，检查结果都是阴性。他的精神面貌完全变了，虽然有时对工作也会有些担心，但总能积极努力去应对，而不是怨天尤人。看到这可喜的变化，我心里非常欣慰。我觉得他最大的收获是有了新的人生方向和目标，有了新的生活方式和朋友圈，这使在他脱毒同时也脱离了过去那种混世的日子。他父母和妻子看见他的改变都很欢喜，尤其是他母亲对我的帮忙十分感谢。他自己也一直表示，将来扩大规模时要吸纳更多吸毒者。

我常想，如果去年我对他爱理不理的，那么他也许早已复吸了。因为他周围的几个人去年被抓了好几次，而他因为投入创业，在我们的持续关照下，才能守得住。看了他的变化，我对自己正在帮教的几个人更有信心了，我相信这些成功经验完全是可以复制的。

在基层禁毒工作中，安置是最难做的，但如果因势利导，让他们自我安置，事情会容易得多。我们也要无条件地做他们创业的后盾，鼓励他们，支持他们，帮助他们解决创业途中的困难。只有这样，他们才会信心大增，劲头十足，走向成功。

（发表于 2018 年 8 月 31 日《中国禁毒报》）

昔日瘾君子，今日创业忙

今年 8 月，随着葡萄村安置房钥匙分发到户，原本寂静的小区热闹了起来。村民们盼了 6 年，终于可以入住了，纷纷准备装修，搬运队也开始进驻小区。

在小区 4 支搬运队里，有一支是由 4 个吸毒人员组成的。带头的是陈某某，去年他在我们的支持帮助下，办起了洗车场和停车场，成为街道的安置帮教基地，并且今年 6 月 27 日区禁毒办和街道领导亲自来授牌。考虑到安置基地是建在旧村拆出的空地上，以后建设需要随时会失去地块，所以我建议他们尽快转型，并为他们出谋划策，要他们成立物业公司，同时投入餐饮业，这样每个人都有事可干了。

陈某某看到装修搬运的好机会，就找任某某商量合伙，两人一拍即合。陈某某把在自己停车场里工作的黄某某也拉入，黄某某过去当打手时有一只手被人砍断，腿也曾被打断，被陈某某收留后，他像变了一个人似的。任某某又拉上了自己一个堂兄弟，搬运队就成立了。

他们说干就干，和小区物业公司打过招呼后，就在小区里摆起两张桌子，桌子前面挂的广告纸上写着 "2000 元一套"，这个价格比起其他搬运队实惠多了，亲友们纷纷找他们签合同。但那些竞争对手说："这些人是吸毒的，钱一拿过来就去买毒品了，你们不要被他们骗了。"

陈某某有一天跟我说，当听到这些话时，他们心里很委屈，也很生气，便暗下决心，一定要干出来给大家看。"过去我们靠霸，现在靠干，早上7点晚上7点拼命干！"我想起十几年前他霸占村里的地块搭棚租给托运部，钱来得快去得也快，因为赌博很快就一无所有了，现在挣得这样辛苦，就不会糟蹋钱了。

9月4日，我去辖区外学校做宣传时，因意外左腿受伤后，在家养伤3个月。期间，我念念不忘转型的事，催陈某某尽快申报物业公司营业执照。10月25日，温州亚金物业管理有限公司的营业执照终于批下来，经营范围很大，除了物业管理，还包括垃圾清运、道路清洁、人力搬运、装卸服务。为了挣钱，他们什么都愿干。我虽腿还没好，仍陪他们去街道找各位领导，要求支持创业。

这支搬运队一开始工作，就获得了乡亲们一致好评。口碑一产生，越来越多的人便来找他们了。11月30日下午，我去看他们，任某某拿出抽屉里的合同汇总清单，高兴地说："我们搬运队价格低，服务好，大家都喜欢找我们，我们的合同是最多的，已经有250来户了。现在快年底了没人装修，但明年开春后，还会有几百户。"

我看着清单上密密麻麻的户名，由衷地为他们高兴："你们叫了几个工人？"

"9个！"任某某自豪地说。

我和任某某、黄某某去看工人们怎样工作，电梯上到22层，正好一个工人推着畚斗车要上电梯，这车是特制的，刚好能进得了狭小的电梯间。我赶紧用手机拍下了这一幕。

任某某跟我说："搬运的事还有半年，等这事干完了，我想开一个面店，很快村里的店面就要分配了，请街道领导支持，让我能拿到店面。"

我建议他开成这样的店：早上卖早点，中午和晚上卖快餐，晚上可以做夜宵或烧烤，加上送外卖，这样一个店就等于两个店了，既可以吸纳更多吸毒者，又节省了租金成本。

想到林某某父子俩因无证收费而多次被投诉，我希望父子俩能和任某某一起抱团创业，这样就可以彻底解决投诉问题了。

看着这些昔日 N 次进宫的浪荡子现在自食其力，起早贪黑地挣钱，我心里不知有多开心。

除了葡萄村的停车场、洗车场、搬运队，今年 8 月里垟村也有 3 个吸毒者在拆出的地块上办起停车场，我们的安置基地在逐渐增多。安置工作虽难做，但只要他们有积极性，我还是能助他们一臂之力的。

如果有一天南郊的吸毒者都安居乐业了，也许我们这些禁毒工作者就可以转岗了。

（写于 2018 年 12 月 28 日）

我们安置的几个人

（一）

下午，我和社工送 L 某某和 G 某某去报到。前天，企业老总来街道找副书记，我同他见面谈，他仍只答应接收两个人，并叫我与一个姓陈的副总联系。我打过去，陈总叫我找另一个副总。

我们本想安置 4 个人，现在只给两个名额，所以我有些作难，到底让谁去好呢？最后，我决定让要求最迫切的 L 某某、G 某某两人过去，他们都多次打电话给我，或上门找我，工作意愿非常强烈。如果他们表现好被留下了，我再提出要求增人，企业老总也许会同意的。

毕竟接收吸毒人员的风险，比起社区矫正人员要大得多，企业老总的顾虑也是正常的。

2 点上班时间刚到，L 某某、G 某某两人就到了。我对他们说："你们是头一批，如果能留下来，以后我们还可以再送人进去，你们若是试用期都过不了，那这个安置点就泡汤了。"

他们点头说："我们一定会认真的，放心吧！"

我带上去年签订的安置协议，和他们到了副总那里。

副总先说了一通企业的难处，言下之意这份工作是来之不易的，我觉得这也是必要的，会让他们两人更加珍惜这份工作。我也是一直向他们强调这一点的。

我向副总保证，一定会严格要求他们，并会有突击尿检来监管他们，公司只管按照规章制度来管理他们。

我问副总什么时候开业，并说起劳务市场陈主任提出的问题。副总说："我们也正要向你们反映这事，我们下个月开业，店门口就是停车位，对经营户肯定会有影响。你们能不能向有关部门提出取消停车位？"

看来，这个问题是得解决。与其到时候被人打市长热线反映问题，不如早早自行解决。我想让陈主任那边给我们街道发个函，由我们递交给交警二中队，争取赶在公司开业前把这事办妥了。

（2017 年 2 月 8 日工作手记）

（二）

上午，我和社工去找 G 某某和 L 某某。

我们骑着公共自行车进了市场，这里可真大啊！我们街道帮老板拿下这块地，他们安置我们的吸毒人员，也算是投之以桃报之以李吧。

起先找不到 G 某某，问了一个人，才找到 G 某某。G某某用对讲机喊了一下，L 某某也找到了。两人穿着保安的制服，别着对讲机，看上去与过去判若两人。

我问他们这些天过得怎样。

他们说一天工作 12 小时，不能坐，一个月只有两天休息，很累。我看到 L 某某的脸晒得黝黑，嘴唇也有些干裂，他们过去懒散惯了，一下子是不适应的。我说，累好，晚上回家倒头就睡，不会走老路。

L 某某向我诉苦，说保安班班长对他们有些苛刻，自己很想揍他。我说："你们现在是试用期，千万不要惹事，你们是第一批，我们还有其他人要安置进来，你们走了，我们安置的路就断了，所以，你一定要争气，我会把你的情况向公司反映的。"

离开时，我想，以后要让 G 某某劝导劝导 L 某某，关键时刻要灭一下火，否则 L 某某一旦受不了班长的使唤和责骂爆发出来，我们就很被动了。

中午，我忽然有一个想法，每天写一篇工作手记，把当天的事记录下来，起名叫《禁毒办的故事》，可以在微信上连载。我把这个想法和省禁毒总队的张建文（他是我心理咨询班的同学）、《中国禁毒报》的房编辑说了，他们都很支持。房编辑说："看好你！"我想，要达到这 3 个字所包含的期望，得花多少力气啊！

但是，如果不这样破釜沉舟，那么我的 2017 年也许仍是平淡无奇，我不想有这样的结果，还是想搏一搏，让自己留下一些什么。

当我年底时拿出十几万字的手记，那时也许就可以出一本书了。这样一本书，对于即将告别单位的我，也是一个很好的留念啊。

（2017 年 2 月 17 日工作手记）

（三）

前天和昨天去了里垟、东屿两个安置点，看到他们有事可干，比自己挣钱还开心。

两个安置点都在牛山北路，相隔仅 500 余米。里垟停车场有 3 个人，他们说也要转型做物业，我说葡萄村安置点成立物业公司都半年了，还没接到楼盘物业管理的活儿，所以先不要申报公司，等他们成功了再学样。

东屿的 L 某某去年年底出所来报到时，我说帮他安排工作。1 月 9 日，他和另外几个人来我办公室说要搞停车场，现在他们已经在自食其力了。L 某某说，钱挣多挣少没关系，主要是把"脚头拦拦住"（温州话意即管住人的行动），不会走老路。是的，有事可干就不会慌不会烦，珍惜这份工作，就不会走老路了。

他们中间的 L 某某曾是大厨，开过饭摊，我建议等村里二期安置房店面投放市场了，再租间店开饭摊。这样，地块即使拍出了，他们 4 个人也不用愁没事可干了。

（2019 年 3 月 14 日工作手记）

（四）

早上水心第一小学的宣传活动取消了，因为有考试。以后预约安排时，6月下旬就不要安排了。

昨天下午社工证考试终于考完了，有一门很悬。说实话，这次掌握得还不牢固，就算过关了，也不是真本领，继续学习是必须的。一定要让学到的知识充分运用在今后的工作中，为南郊老百姓干点儿实事。

11点时，经过安置点（停车场），就进去看一下戒毒人员，他们都在，有一个正在炒菜，他们叫我留下一起吃饭，我说还要上班，就回来了。看到他们有事干，精神好，心里真欣慰。我鼓励他们尽快转型，把饭摊开起来，有空的话过来一起打气排球。

中午，箴光写作班的一个同学讲起一个诗人和他的留守儿童足球队，我说我有一支戒毒人员的气排球队，8年前还有过一支社区青少年足球队。通过体育途径来影响和改变人，往往会收到不错的效果，我对这支气排球队还是有信心的。

（2019年6月24日工作手记）

（五）

今天去乐清三校做宣传，分别是柳市镇第十四小学、第十五小学和第十六小学。

下午，东屿停车场的L某某发微信给我，说要找我聊聊，我说可以来心理咨询室，他叫我去他那里，于是我就到了停车场。

我担心他们碰到了什么问题，幸好不是，L某某说想把旁边拆出来的空地利用起来停车。他们已经跟村主任和街道领导讲了这事，领导说迟些，等全部拆好了再说。

L某某说，马上要过年了，大家手头紧，那块地空着也白白空着，早点给他们用起来，过年时手头也宽裕一些。

他还说，附近的里垟停车场生意比他们好……

我说，生意要靠自己去拉，如果场地给你们了，有没有可停的车？

L某某说："有，一种是单位包月的固定车，另一种是车行的新车，前阵子有个车行老板说有30辆车要停我们这里，可这里面积不够。"

我放心了，答应他回到单位马上去找领导。

如果这个地块给他们了，我会劝他们把钱尽量多留一些下来，作为下阶段开饭摊的启动资金。只要他们村里适合做餐饮的店面有人转手了，马上租过来，面积小也没关系，先开起一家再说。

转型，是现在安置点面临的最紧迫问题。

（2019 年 12 月 13 日工作手记）

菜鸟是如何上阵的

2016年金秋十月，为期9天的全省禁毒系统心理咨询师培训在浙江工商大学举行。我和来自全省的60余名社工、禁毒专职工作者一起坐在教室里，生平第一次接触理论性很强的心理学知识，开始了拿证书的艰苦跋涉。

我们这批人中，年龄最小的刚出校门不久，年龄最大的已经50岁出头。但不管年龄大小，不管过去读书好不好，现在全都站在同一条起跑线上，朝着目标前进。

对于这次培训，我全力以赴。虽然大家反映老师讲得有些枯燥，但对我来说一点儿也不觉得难以接受。一到晚上，我就把自己关在房间里，把当天学习的内容从头到尾复习一遍。白天刚刚学到记忆曲线理论，说当天复习最容易记住，更是让我坚持在每天晚上的黄金时间看书。我的目标很明确，三级考完，还要考二级，只有真正掌握足够的心理学知识，才能做好禁毒工作，帮助更多的人。

11月14日，老师通知这次考试很严。大家开始互相打气，挑灯夜战，学习氛围空前浓厚。我因为平时学得比较认真，所以复习起来也相对轻松，没有太大的压力。11月19日是考试的日子，随后便是漫长的等待。

2017年1月11日，成绩终于揭晓，过了！温州这次去培训的人大多数都通过了，这真是个好消息。

完成这次学习培训后，我仍然坚持学习心理学知识。我想，如果只是为了完成上级的指标而去考证，那就没有一点儿意义。我要再接再厉，更上一层楼，学到真本事，成为名副其实的心理咨询师，这样今后无论在禁毒工作还是在其他领域，都能发挥出更加专业的作用。

快过年了，我们的心理咨询室装修一新，现在我有证书了，可以名正言顺地接单了。但菜鸟上阵，总不免有些心虚，有些慌手慌脚，所以我又报名参加了一个心理咨询机构的免费学习，在那里可以得到专业老师的帮助和督导。哈哈，2017年撸起袖子好好干！小伙伴们，有愿意的一起来哦！

（发表于2017年1月17日《中国禁毒报》）

心理咨询的风险

昨天晚上参加天音学习会，我和搭档练习咨询治疗，并听了周老师和一个天音咨询师的模拟咨询，这些练习对我很有帮助。

周老师说到一件事，与咨客签订咨询协议时，要明确一点——咨询期间不能自杀，如果真的很想自杀，必须马上告诉咨询师，让咨询师可以采取一些措施。

我讲了自己上次给网友做咨询的经过——当时怕对方真的自杀了（因为一连两天我发信息给她，她都不回复我），所以千方百计找到她家人，得知她没事才放心，哪知她却怨我告诉了她家人，直接删了我。

一开始做咨询就遇上了这种事，心情当然不好，但也是好事，提醒我要有规避风险意识，一定得让对方签协议，上面写明"不许自杀"！

我得保护自己。

我越来越觉得，从去年 10 月以来，心理咨询这条路走得真是格外顺利。考证一次性过关，又有继续学习的机会，全班只有我一人，我真是太幸运了。

我们班里60来人，这么多人不及格，补考又不及格，报销也报不了，他们心情肯定很不好。温州的通过率是最高的。回想起考前复习的情景，心里真为他们高兴，看来背水一战拼一下，还是有用的。

做什么事情都应该一次成功，"双炊糕"不好。浪费时间和金钱不说，信心也丧失了，到了最后可能就放弃了，这次5月补考有些人就不去考了。

那本三级证书，我现在还没拿到手，是杭州的朋友代领的，单位里要提供学历、专业证书，我就让朋友拍照发给我。看着证书上的79分、77分，心里还是挺高兴的。

但是，拿到三级证书对于不去实践的人来说，并没有多大的作用。如果不去实习，不继续自学，那些知识很快就会忘光。我的同事是在大学期间考取三级证书的，她说那点库存早就丢光了。

杭州章老师的微信群里，已经开始为11月的考证做网络辅导了，只是我得两年后才能考二级，所以没报名。我很羡慕那些比我早考证的人，他们第一次就可以考取二级，一步到位，做什么事都得趁早啊！

后年，我是一定要考二级证的，我相信两年多实习下来，有了大量实践经验，那时的分数肯定会比这次高上10分。

（2017年8月10日工作手记）

在黄龙戒毒所开讲座

（一）

今天下午 2 点，我来到黄龙戒毒所，向 100 多名戒毒人员宣讲禁毒知识。这是黄龙戒毒所戒毒文化讲坛 2019 年的第一期讲座。

我从心理学角度分析了吸毒人员为何会吸毒，用什么可以替代毒品，并表演了扑克牌和大力士变骷髅的魔术，然后用许多吸毒者的悲惨故事警示他们，最后用一个碎纸复原的魔术鼓励他们重新做人。

这是第三次进黄龙戒毒所开讲座，我欢迎他们出所后来找我做心理咨询，也可以来金汇昌小区打气排球。我真心希望他们能鼓起勇气开始新生！

（2019 年 1 月 10 日工作手记）

（二）

上午，到黄龙戒毒所给戒毒人员上课，名字叫《从＜毒。诚＞看戒毒》。

戒毒人员先看电影《毒。诚》，这部励志片讲的是1987年香港十大杰出青年陈华如何从一名吸毒者成为帮人戒毒者的真实故事。看完电影，短讲20分钟，让戒毒人员从陈华和女友可柔的分手结局知道毒品会让人留下终生遗憾，但只要下定决心改过自新，每个人都可以成为受人尊敬的人。结束前，我用纸巾复原的魔术鼓起戒毒人员的信心。

当人受到艺术力量感染时，更容易接受教育。寓教于乐，看电影就是一种不错的方式。为了提高效率，我建议所方让各大队先自行组织看电影再统一上课，这样我就可以讲更长的时间。

（2019年4月4日工作手记，《中国禁毒报》4月16日发表了此信息）

一不留神，我们成了电视明星

去年年底，我们区里举办了首届"红蜻蜓杯"魅力家庭电视比赛。当时，我同事推荐我代表乡里参加。她又是说乡里总要有一个节目报上去，又是给我戴高帽，说我们夫妻俩才艺双全，还说这是个露脸的机会，说不定还能上中央电视台呢。我心知肚明，自己那点水平如何上得了台面，妻子则向来不大喜欢出头露面，就想一推了事。可她锲而不舍，紧盯不放。我见逃不掉，想来想去，就说我可以表演一个禁毒快板《阿九的故事》，这是以前区里禁毒文艺会演时表演过的，再设计一些简单的情节，让妻子和我一起表演，这样就是家庭节目了，情节不复杂，妻子应该肯表演的。她说，这样最好了，题材好，你打快板又是老手了，两个人多练练，保证能行。

事后想想，怎么会不考虑后果就答应下来呢？这可是上电视啊，我和妻子都很忙，一起排练的时间肯定不多，万一到时候配合不好，节目拿不出来怎么办？可是已经没有退路了，只能开动脑筋，把情节想好写成小剧本，再做妻子的工作，只要情节够简单，容易排练，又有看头，那就容易说服妻子了。这样一想，心就定了。

还有一点，这可是免费的禁毒宣传机会，怎能不抓住它呢？上了电视，全市人民都能看到，而且这种比赛的收视率是很高的，能够让这么多人看到自己的节目，从这个节目里受到教育，这个意义就不仅限于完成单位任务这一层面了。自己虽然已不在禁毒岗位上，但一日禁毒，终生禁毒，这种禁毒意识是无法消失的，每次单位里搞联欢会只要是叫我表演节目，我总是表演那个禁毒快板，管他听了几次，我是照打不误。

于是，马上开始构思。我把快板内容拆成几段，穿插进去几个情节：阿九第一次吸粉是受到粉友的诱惑，让妻子扮演粉友，在舞厅里用激将法诱"我"上钩；"我"从戒毒所里出来后，粉友又找上门，让"我"为她送毒品以换取免费毒品；"我"复吸后一无所有，妻子扮演的女朋友也离开了"我"，"我"人财两空，后悔莫及，痛不欲生。这三个插入情节的动作、话语都不多，又吸引人，所以妻子在我的再三劝说下终于同意了。

我们一起排练的次数不多，又没有人指导，初赛表演时自然比较普通，但可能是我们的题材好，而同组的对手实在太差了，竟然让我们通过了。复赛前一天，电视台请老师给我们指点一下，我们的表演水平一下子提高了不少，惟妙惟肖地把一个被人拉下水的吸毒者给演活了，又以第

9 名的名次进入了决赛。为了在决赛中有更好的表现，我又特地到同事家里，向他父亲学艺。决赛那天，我们的表演就更精彩了，最后获得了健康风尚奖，我们乐不可支。

三次比赛在电视上陆续重播了十几次，每次重播后，我都听到同事、朋友来电或亲口告诉我，说看到我们上电视了。妻子有次买熟食时，那老板娘也说在电视上看见了她。看来我们成了家喻户晓的电视明星。出名也好，演艺长进也罢，都是小事，禁毒宣传效果好，这才是最大的收获！

（发表于 2008 年 5 月 24 日《禁毒周刊》）

今后我们要走遍辖区每所学校

2015 年 10 月街道科室调整，我回到了阔别 9 年的禁毒办，又和禁毒战线上的兄弟姐妹们并肩作战了。

2007 年 1 月，在取得工作以来的最大荣誉（2006 年 6 月 26 日我们乡的帮教安置基地前州建材经营部上了中央电视台《焦点访谈》栏目）后，我离开了热爱的禁毒工作。人虽离开，心仍关注，2007 年 2 月 3 日、2008 年 5 月 24 日和 8 月 2 日相继在《禁毒周刊》发表了三篇文章。

重回禁毒办的这 4 个月里，我有很多感想。

我们街道涉毒人员总共 198 个人，打开名单，看着里面熟悉的名字，其中有些人已经戒断脱毒，但大多数人仍沉浮挣扎在毒海里，我仿佛看到他们一次次地进所出所，心情非常沉重。

我搜索了一下，死亡人数有 10 人，而 2007 年年初才 2 人。这 10 人中年龄最大的是 1965 年出生的，两个和我同岁，最年轻的是 1976 年出生的，共有 6 个。

我注视着这 10 个死者的名字，仿佛看到 10 条鲜活的生命被毒魔吞噬的那一刹那。我想起了 2007 年年初和下任禁毒办主任去帮教的一个吸毒人员。

此人与我同岁，身患多种疾病，打了报告要求乡政府救济。当时我就有一种预感，他时日不多了。从表格上看不出他是哪年去世的，估计是没多久就死了。死亡对于他来说也许是个好结局，他终于完全脱离了毒品的控制，但对于他父母来说，白发人送黑发人，该是怎样悲伤而又复杂的心情。

我该怎么做，才能杜绝因毒死亡的再次降临？

一直以来，我们很重视学校的毒品预防教育。2006 年，我就尝试在辖区小学里采取参与式班会课的形式做预防教育。去年，区里下发了秋季毒品预防教育文件，我立即把辖区 8 所学校的政教老师召集起来开会。1 月中旬，我应邀参加兄弟街道一所中学的座谈会（我们辖区有一半子弟小学毕业后会去那里读初中），我提出要和他们携手开展毒品预防教育工作，要他们把属于我们辖区的问题学生名单提供给我。

当进一步研究这个名单时，我发现自己过去还未完全尽责。名单上九零后吸毒的竟然有 4 个，最年轻的那个女孩 1993 年出生，2010 年吸食新型毒品。我打电话一问，她初中就是在兄弟街道那所中学读的，高中是另一个街道的职高。她现在戒断已经两年了，在上班，表面上看来一切都好，但一辈子都有复吸的可能。

我是 2004 年 3 月任禁毒办主任的，那时她在我们辖区小学读四五年级，如果那时对学校的毒品预防教育抓得再严些，也许她后来就不会吸毒了。

这个个案给了我终生难忘的教训，今后做学校禁毒工作，绝对不能只做表面文章，这第二道防线一定要扎牢！以后，我会去每个学校，利用各种机会，用这个例子给孩子们敲响警钟，也希望这会成为禁毒工作者现身说法的一个例子。

我统计了一下，2007 年以来辖区共有 54 个人吸毒被查获（大多数是年轻人吸新型毒品），占了四分之一多。我不想说这是因为别人的工作没做好，我只想说，我自己过去的工作不扎实，也是其中原因之一。现在再不亡羊补牢，当我离开禁毒办时，留给下任的将是今天的翻版！

现在，我只想用最有效的方法去开展禁毒工作，尤其是针对青少年的预防教育。好在对 2016 年的工作我已有了一些好点子，相信今年的工作会有很大突破。

从毕业到今天，我已经在这片土地上工作了 26 年，对于生活在这里的人，感情愈来愈深。我只想尽自己最大的力量，让他们少受毒害，做到问心无愧！今后，我要走遍辖区每所学校。

（发表于 2016 年 5 月 10 日《中国禁毒报》）

孩子，愿你们安好

早上在上班路上，停下来等绿灯。一位家长开着电动车送女儿上学，正好停在我的身旁。小女孩笑道："爸爸，你戴我的小黄帽干吗？"我一看，那父亲果真戴着一顶小黄帽。

我笑着问道："你在益民小学读书吗？"

"是的。"

"几年级？"

"一年级！"

"过几天我就要去你们学校做宣传了。"

那父亲转过头来，半信半疑地看了我一眼。绿灯亮了，电动车远去。坐在后面的幼小背影，天真无邪，如含苞花蕾。

后来，我和社工们到益民小学做宣传时，几百个孩子站在操场上，我已分不清哪个是周一碰到的那个女孩。

前几天，再次读张晓风的散文《世界，我交给你们一个孩子》，母亲的呐喊犹在耳边：

"想大声告诉全城市，今天早晨，我交给你们一个小男孩，他还不知恐惧为何物，我却是知道的，我开始恐惧自己有没有交错？

……

世界啊，今天早晨，我，一个母亲，向你交出她可爱的小男孩，而你们将还我一个怎样的呢？！"

张晓风第一天目送孩子独自去上学，她对这个世界的嘱托，也是每个父母的呼吁——你要怎样来教育我的孩子，让他健康成长？

我虽不是老师，但同样有责任教育孩子们从小就远离一切伤害生命的事物。作为禁毒办、综治办的一员，这个责任就是做好青少年预防违法犯罪教育，特别是禁毒教育。

一连四个早上，我和禁毒社工都在辖区学校里开展文艺宣传。我们禁毒教育的形式包括三句半《珍惜生命》、禁毒快板《阿九的故事》、游戏"难逃毒网"等，深受学生欢迎。

禁毒教育关系到这些孩子是否能够平安健康成长，每次去校园做宣传，我都希望他们能够了解得更多一点儿，学得更透彻一点儿，这样我的心便会更加踏实。但从他们抢答的反应来看，有些孩子在禁毒教育中一无所获。

每次开讲之前，我都会问孩子们："我上次晨会上对你们说过，我们南郊因为吸毒死了几个人？"看到孩子们一片沉默，我不得不伸出手指来提示，而这距离我上次来这所学校开展禁毒宣传才几个月时间。

平心而论，我们的禁毒宣传活动受到诸多限制，如场地的音响效果、听众人数多少等，都会影响预期效果，但对孩子的禁毒教育丝毫马虎不得。我们务必要保质保量完成每次宣传任务，这不仅是对我们的本职工作负责，更是对这些可爱的孩子们、对这个社会负责。

一年一度的"6·26"国际禁毒日将至，让我们去探索更多、更有趣的禁毒宣传方式，让更多的孩子受益，让他们自小就树立拒绝毒品的意识，茁壮成长。

（发表于 2016 年 6 月 14 日《中国禁毒报》）

唤醒每双耳朵

昨天，我听禁毒社工说，在网上看到朱某某死了。去年与朱某某打交道的一幕幕，不断地浮现在我眼前。晚上去他家看他，与社工去康宁医院看他，一次次苦口婆心劝他别再吸了，但他置若罔闻，谁也无法阻止他滑向地狱的步伐，他死时年仅 54 岁，再也等不到女儿大学毕业的那一天。昨天，我在微信朋友圈里看了一篇文章《被毒品毁掉的美国！普利策奖故事：毒品每 16 分钟就杀死一个美国人》。文中写道：美国东部时间 4 月 16 日，全世界新闻人都在关注的普利策奖终于公布了结果。在众多奖项中，《辛辛那提询问者报》由于报道了美国辛辛那提海洛因毒品泛滥问题而斩获了地方报道奖。虽然这并不是普利策奖中最具分量的一个奖项，却可以由小见大，他们用 7 天记录了辛辛那提海洛因泛滥现状，也反映了美国整体的毒品泛滥问题。文章里的个案触目惊心，让我不忍卒读。多少鲜活的生命，就如朱某某一样，转眼消逝。而那些苟延残喘的人仍执迷不悟，继续向深渊滑去。吸毒者到了生命的尽头还如此迷恋毒品，宁死也不愿意获救。这是一种怎样的思维方式？这一切如何才能避免？唯有从娃娃抓起，每年打预防针，才能使其一生不染毒。等长大了再教育，恐怕已为时过晚。我感到自己肩头责任又重了一分，做学校禁毒宣传的动力又大了一分。3月已经完成了今年辖区7所学校的禁毒宣传任务，4月9日开始到外辖区学校开展宣传，截至今天上午，我已去了11所学校，向9500名学生进行了宣传。昨天上午，我来回骑了两个小时，到某职校做宣传。职校生是最容易染毒的，我们街道最年轻的吸毒者就是在读职高时吸毒的（17岁），所以再远的学校，只要邀请了，我就要去做宣传。离开时，政教老师邀请我再去给学生们做讲座，我一口答应了。从2015年秋季重回禁毒办以来，我一直变换形式，让学生可以看到新的魔术、节目，听到新的案例，始终保持听和看的兴趣。从去年开始，我到辖区外学校做宣传，跨街道、跨区、跨市，用这种有效的方法使更多学生受益。当我看到站在我面前的学生，想到他们的人生就处在毒品威胁之下，毒贩就在他们身边转悠，我心里不寒而栗。禁毒宣传必须能像一声惊雷，唤醒每只不想听的耳朵；必须能像一道闪电，刺醒每双不想看的眼睛。所以，我要用节目和惊人案例来震动他们的灵魂，让他们感受到毒品的可怕。5月我将继续努力推广，今年争取让5万名学生受到教育。我建立了一个微信群，把去过的每个学校的政教老师都拉进来，希望他们和我在禁毒宣传路上一直同行，把下一代保护好，这是我们的责任。

（发表于2018年7月20日《中国禁毒报》）

腿伤仍不忘做禁毒宣传

2018 年 9 月 4 日下午，我到鹿城实验中学做宣传，这是我下半年第一次到辖区外学校做宣传。鹿城实验中学是温州市毒品预防教育示范学校和先进单位，副校长丁剑去年 7 月 7 日作为唯一一所学校代表在全国青少年毒品预防教育"6·27"工程推进会上做经验交流发言，今年获浙江省"最美禁毒人"荣誉。今年 6 月，他和我一起出席鹿城"最美禁毒人"颁奖晚会时，我说开学后去他学校里做宣传，他一口答应。8 月 30 日，他打电话叫我一开学就去做讲座。

在学校大会场里，我给孩子们表演了几个禁毒魔术，讲了 40 分钟。4 点回单位途中，我被一辆小汽车撞伤，到了医院一拍片，医生说是骨裂、软组织挫伤，最少卧床休息 3 个月。我一听，心里拔凉拔凉的。

我原计划下半年至少要到辖区外 50 个学校开展禁毒晨会宣传，争取达到 5 万人次，这样合计就有"百校十万人次"了。可伤筋动骨 100 天，现在这个目标要泡汤了，尤其是辖区 7 所学校的晨会宣传任务刚刚布置下去，连这个任务也没法完成，我的心情坏到了极点。

第一个辖区学校的宣传是安排在 7 日早上，我已没时间沮丧。6 日下午，我把社工叫到家里，手把手教她表演魔术，并把三个案例写好让她背下来。社工说压力山大，一夜几乎无睡。第二天上午，社工站在东屿小学 100 多个孩子面前第一次表演魔术，第一次背案例。事后老师反馈给我，说她讲得还可以，我放下心来。她再接再厉，马不停蹄把辖区 7 所学校都跑完了。

但我对公益宣传的目标不死心，就算没有 50 个学校，起码也要 15 个吧。我巴不得 12 月早点来到，能再上战场。但我的腿不急，它好像一点儿也没好的进展，而且越来越萎缩。每次看到它那不中用的样子，我就气馁。为什么当时那么不谨慎，我后悔不迭。

我想到再上班已是 12 月中旬了，如果那时才预约，学校也许无法再安排了，我得马上行动。10 月 17 日早上，我开始预约，起先都定在 12 月，但因为学校晨会大多是在周一，时间不够用，我只好提前，甚至 10 月也愿意去，我想只能拄着拐杖去了。

看着约好的 17 个学校名单，我聊以自慰。这样大概有 17000 人了，加上之前的 43500 人次，今年能达到 6 万人次了。

10 月 29 日一大早，我拄着拐杖来到温州第十九中学，向 800 名学生做宣传。我站到讲台上，放下拐杖，扶住桌子，开始表演魔术，台下的孩子们谁也不知道我是一个"瘸腿人"，全身的重量都靠右腿支撑着，讲完后我才发觉右腿都麻了。

11 月 12 日本应去温州第三中学做宣传的，早上一醒来，看到天上飘着毛毛雨，我心里就凉了，果然很快虞老师打电话来说没法举行晨会了。12 月 10 日去母校温州第五中学做宣传也是下雨天，顾老师后来问我还能不能补上，我说只能下学期了。

12 月 25 日计划去绣山中学做宣传，天气预报说有雨，陈老师还把截屏发给我看。到了 9 点，天上果然飘起毛毛雨，我担心又要黄了，但仍出发了。到了学校，下课时间还没到，陈老师说如果雨天在操场上集合，值班家长会有意见的，我想今天肯定没戏了。但我不死心，盯着阴沉沉的天空等下课。陈老师不好意思赶我走，我们聊着聊着，终于下课铃声响了，仍没下雨，他就打电话给广播室让学生们下来集合，我心里的石头总算放下来了。

庆幸的是 10 月就开始预约学校，如果我那时没想到预约，那下半年的公益宣传几乎就颗粒无收了。因为执着，竟然可以在腿受伤后仍能去这么多学校，多么令人高兴啊！

年初，我建了一个微信群，把做过宣传的学校的政教老师全拉进去，现在这个群已经有 45 个人了。这些学校大多是热心人介绍的，我不是学校老师，也不是教育局的工作人员，更不是电视台主持人（今年温州市的禁毒宣传大使就是电视台主持人），才一年多时间竟有这么多人邀请我去做宣传，衷心感谢他们！

这个社会还是有热心人的，正因为有了他们，所以我前天才来回骑两个小时去仰义中学做宣传。

（写于 2018 年 12 月 28 日）

到女儿的学校做禁毒宣传

上午在温州市第十七中学做宣传。这是今年做宣传的第一所学校，也是第一次跨街道进行宣传。

上周一上午，我和凌臻在微信上聊天，说想去他们辖区的温州市第十七中学做禁毒宣传。凌臻是去年心理咨询班的同学，我们这个班有 60 余人，虽然考完已经 3 个月了，但大家仍保持联络，微信群有时还挺热闹的。凌臻一听，马上和学校联系，定下了时间。

由于我们辖区学校的第一场是在 24 日，所以让辖区外的学校抢了头炮。

为什么我要去辖区外的学校做宣传呢？

好东西要分享，我们去年做得这么成功，今年继续采用这种模式，成功经验当然要推广了。当然，推广也得靠自己。

为什么选温州市第十七中学作为第一个宣传对象呢？

一个原因是，在去年的心理咨询班上，我是学霸，带着几个兄弟姐妹一起学习，其中一个就是凌臻，所以我去他那边宣传，他肯定会帮我的。

还有一个原因是，我女儿在那里读初二。

2009年4月，我写了一篇文章《做让孩子崇敬的父亲》，发表在6日的《温州日报》上。后来，我偶尔发现这篇文章被有些网站转载（如亲贝网、早教网、豆丁网、新浪网），看来我的感想还是很引人共鸣的啊！

在文章里，我写道："我盼望有朝一日，女儿会为有我这个父亲感到由衷的自豪，她会发现自己获得的成绩来自于父亲平时给她的一点一滴、潜移默化的教导，她会感激父亲自幼给她的所有的影响。我以做一个令她崇敬的父亲为我人生中的一个伟大目标。我相信，如果你的孩子崇敬你，你一定会是一个优秀的父亲，你的孩子也一定会成为一个令你骄傲的孩子。"

我想让女儿在看到老爸在台上讲禁毒的那一刻能有强烈的自豪感。当学校定下时间后，我马上告诉了女儿。女儿却有点儿不自在，要求我不告诉别人她是我女儿，我答应了。

宣传开始了，因为都是去年做过的，轻车熟路，所以一切顺利。只有扑克牌游戏是第一次做，但也轻松完成了。

台下有1200个学生，我不知道哪个是我女儿，密密麻麻的人头，根本看不出谁是谁。就算看出来，我也不能说。我只说了一句："因为我是松台街道的居民，我女儿也在你们中间，所以我虽是南郊禁毒办的，今天还是来给你们上这堂课。"

学生们注意力都很集中，我希望他们每个人都把今天所听到的牢记在心里。

回到街道不久，松台的禁毒社工已经写好信息发过来，我将题目改为《新式宣传进校园，禁毒知识入人心》，又把内容改了一点儿，然后发给他们。

午休时，我把学校老师发给我的压缩包打开，在照片上找女儿，起初不知怎么找，忽然看到站在前面的学生身上披着的授带上写着班级名字，于是找到了女儿的班级，在最后面找到了女儿。我把照片发给了妻子。

在照片上看到女儿，那感觉真是太妙了！

看着照片上一个个同学，我心里只有一个愿望：孩子们，愿你们都不会走上吸毒的道路！

（2017 年 2 月 21 日工作手记）

去杭州做禁毒宣传

　　清明后的杭州，格外清丽。早上 6 点多起来，窗外还下着小雨，我乘公交车到了采荷新村。开始走错了，到了采荷第一小学的校门口，但找不到采荷街道禁毒办的小杨，她微信发来的照片上是一个完全不同的校门。我问保安，是有两个校门吗？保安说没有。再一问，原来有两个校区，我到的是一到三年级的校区，小杨在另一个校区门口。

　　好在那个校区就在两三百米外，很快就到了。小杨和她的同事都在门口，我们马上进去，到了校园电视台（欣欣荷电视台），我这个禁毒宣传员成了节目主持人。

　　7 个六年级的孩子，2 个四年级的孩子，以"难逃毒网，远离为是"的游戏拉开了今天禁毒宣传的序幕。1 分钟后，2 个四年级的女孩子突围失败，我问她们的感受，她们说得很到位。虽然这次表演的 9 个人中只有一个男生，但目的达到了。

　　做扑克牌游戏时，我给孩子们表演了 2 次，孩子们站在边上看着，百思不得其解。直到结束，我才揭开谜底，并要求学生们都学会这个玩法，人人都当禁毒宣传员。

宣传时话筒还是出了点状况，这个问题总是一再出现，中午到采荷中学做宣传的时候，一定要提前叫他们注意一下。

结束时，我问学校大队部老师今天有多少人接受宣传，他说两个校区共有 3200 个学生，这是我今年以来宣传人数最多的一次。到目前为止，我已经用这种方法向 13000 个学生宣传过了。

这是第一次跨市宣传，多么有意义啊，且有这么多人，所有的疲劳都随风而去了。

从采荷第一小学回来，才 8 点多，我随小杨到了她单位，等待第二场。

我用半小时写好了早上的文章，再看了一下 PPT（采荷第一小学那个电脑太古老了，好长时间也打不开，所以没有用）。

小杨问我，这么积极，得了多少先进了？我说，我没评上过禁毒先进，也不在乎有没有先进，我不是为当先进才做这些事的。

从事禁毒工作这么多年，我没得过一次禁毒先进，2006 年我们的帮教安置基地上了中央电视台《焦点访谈》栏目，我在全国人民面前讲了"飘扬的黄丝巾"的故事，那年都没得先进，现在更不指望了。

不为先进，那又为什么在禁毒宣传上这么爱"折腾"？

为什么老想去辖区外的学校做宣传？为什么还跨市跑到杭州来做宣传？

我是这样想的：在最关键的时期做最有效的事情，才能起到预防的作用。只要能让更多人不吸毒，不管跑多少趟，不管跑多远，我都愿意。

学生时期是一个人养成习惯、学会做人的关键时刻，在这个时期如果能让他对毒品产生免疫力，就能成功地防止他吸毒。错过这个最佳时期，就只有亡羊补牢，事倍功半了。我不能只对南郊的孩子有责任心，要保护更多的孩子。不管哪里，只要有人邀请，我都会去做宣传的。

11:40，去街道的食堂吃饭。饭后，小杨说休息一下，我说早点儿过去，看一下准备工作做得怎么样了。

采荷中学的保安看到街道拍摄人员胸前的录像机，说记者不能进，经过解释，才让他进去。

来到报告厅，偌大的会场里还没有学生。不久，初一的 500 个孩子在老师的带领下鱼贯而入，安安静静的。主持的学生说，采荷中学是 2003 年全国禁毒示范学校。他们对禁毒工作确实重视，小杨一找他们，双方一拍即合。

和在采荷第一小学做的宣传有所不同，我讲的是《从种植看人生》，以自己在单位里种无花果树的经历为例，讲述毒品会让我们一生吃尽苦头。可惜，时间仍不够用，最后连扑克游戏的谜底都没揭晓，就匆匆结束了。唯一令我满意的是，学生们听得都极认真，这个课件还是非常棒的。

我们走到楼梯间，一个班的学生刚出来，我给前面几个学生简单讲了一下扑克牌游戏的原理。看着一个个经过的孩子，高高的个子，清澈的眼睛，像一张张白纸，像一棵棵蓬勃生长的树，我想起了和他们差不多模样的女儿。

孩子们，在父母眼里你们都是心肝宝贝，愿你们都能健康茁壮地长成栋梁之材，愿你们一生都是洁白无瑕的。

小杨这次请单位的同事把两场宣传全程录像，接下来要剪成一个片子，在网上进行禁毒宣传。另外还要再剪一个 7 分钟的精简版，参加首届全国禁毒微视频比赛。能获奖最好，就算不能获奖，也可以借此推广一下这种目前看来比较有效的宣传模式。

荣誉对我而言，只是意外的惊喜，就像 2006 年上中央电视台《焦点访谈》栏目那样。

1 点多，小杨的同事开车送我到动车站。上了动车，因为是站票，只能站在车门附近，我拿出早上打印出来的写科普征文的材料，就利用这 3 个小时来构思文章吧。

我本来是想在车上做宣传的，可总感觉没胆，看来必须先在辖区用"快闪"方式练胆，才能突破这道关。

放下背包，在地上摊张纸，席地而坐，就可以开工了。一直到过了台州站时，才有些空位子。车到温州时，终于整出一个大纲，看看还算满意，明天应该可以拿出初稿。

没有浪费时间就好！

（2017 年 4 月 10 日工作手访）

效率最高的早上

上午 7:15 出发，前往温州市第五中学。温州市第五中学是我的初中母校，虽然在这三年中留下太多痛苦的回忆，但也有一些暖色，云超、海波这几个好朋友，让我在孤单的时候有一个可以取暖的地方。而我之所以到温州市第五中学宣传，是因为温州市第五中学现在是职校，职业中等专业学校的学生尤其需要这方面的教育。我和初中班主任（早已退休）一讲，她就把一个老师推介给我，那个老师在五中教礼仪，她再把张老师的名片发给我。

张老师在校门口等我，走进校园，今非昔比。碰到的学生，都很有礼貌。

张老师向全校师生介绍我是温州市第五中学 85 届校友。结束时，一下台，又一个校友向我走来，旁边的老师说他是校长。校长说自己是 75 届的，我们两个老校友的手握在一起。

为了我们的学弟学妹一生无毒，我们这些学哥们，一定要好好努力。

回到单位签到，就着白开水吃了同事从食堂拿来的两个实心包和一小段玉米，要来了Ｃ某某的家庭住址，趁第二场绣山中学的晨会还有半个多小时，前往下吕浦找Ｃ某某的奶奶。

到了那个地址，没有人应门，我写了张纸条放在把手那里。又去楼下问邻居，邻居说Ｃ某某一家搬到隔壁那幢楼了。

我去看了一下，找到了邻居所说的那座朝向路面的楼梯，上去一问，那个人说自己不是Ｃ某某的奶奶，但是知道Ｃ某某的奶奶住在哪里——就在原地址的西边间。

看看时间只有15分钟了，我只得出发去绣山中学。

高德地图显示，从吴宅这里过去最近。当我骑入旧村，却发现路的尽头是一堵围墙，里面是一片刚刚拆出来的废墟（横渎村）。看看时间已不多，问围墙那里的一个人，得知可以拐到锦绣路，我这才放宽心，加快速度，终于在9:40赶到目的地。

南汇街道的3个社工已经到了。高老师也像张老师那样，临时找了9个学生表演"难逃毒网"的游戏。时间很紧，不过这样也好，讲得更紧凑，学生们听得也很认真。

想想早上才两个小时，就已经向2700个（1200+1500）学生做过宣传了，真是很有成就感啊。

再去下吕浦，到了Ｃ某某奶奶家里。老人一个人在家，我亮明身份，她就和我说起孙子的事情，说到儿子就是吸毒的，4 年前因胃出血而死。

我越听越沉重，对老人非常同情。儿子死了，孙子又走上这条路，还不听话，70 多岁的老人，担子有多重啊！

我和老人说，今天我会去找他。从老人家里出来，我深知自己早上所做事情的意义重大，如果我们不从学校开始就扎紧篱笆，一定会有更年轻的一代因为无知而走上吸毒之路。

接下来，我想为吸毒人员子女建立一个平台，与各所学校的老师合作，加强对这些孩子的监管，绝不让孩子重蹈上一辈的覆辙。

11 点回到街道，看看计步器上显现是 8150 步，当然这里有些是骑自行车时虚增的数字。11:45，我已写好了今天的手记。

愿以后每天都会有这样的效率。

（2017 年 4 月 24 日工作手记）

教你怎样玩禁毒扑克魔术

　　早上，轮训结束，我和一个学员一起骑车回单位。他说自己是艺星医院（就在我们隔壁）的保安，来听过一次，怪不得我觉得有些面熟。

　　我和他说，刚才教你们做的那个扑克牌魔术会做了吧？

　　他说，会做了。

　　我说，这个魔术没有一点儿难度，却能产生禁毒的宣传效果，茶余饭后做一下，讲个 10 来分钟，既有消遣娱乐效果，又宣传了禁毒，何乐而不为？

　　这个扑克牌魔术名叫《我能把你看中的都抽掉》，是我至今为止最有创意的一个宣传办法。读者如果感兴趣，可以一试。下面，我具体介绍一下方法。

　　把两张数字相同的扑克牌，背面贴上双面胶，粘在一起，变成一张扑克牌。由于一副扑克牌里，数字相同的，符号都不相同，有的是黑桃，有的是红心。注意粘的时候四条边一定要对齐，不能露出破绽。这样粘成 5 张扑克牌，就是游戏道具了。一副扑克牌可以做 5 副道具，你可以自己留一副，送 4 副给别人。

选一个人来做游戏。你先宣布游戏方法："认一张扑克牌，记住数字和符号（一定要记住符号），不用告诉我是哪张，我会把你认的这张抽掉，你信不信？"他肯定不信。你把扑克牌成扇形展开，让他认牌，然后你转过身，随便抽一张牌，放进裤袋里，注意不要让他看到，把所有牌转个身，变成背面朝上，转过身给他看。

由于正反面符号不一样，所有的牌都与他刚才看到的牌不同了，他认住的那张牌肯定没有了。你问他："刚才那张牌还在不？"他肯定会说："没了。"

你再让他认一张牌，继续以同样的方法再做一次，那张牌肯定又会没了。他认了两次，你就让他下去，再换一个人来认。你也可以同时叫几个人来一起认，把几个人的牌都抽掉，那就更令人惊奇了。

做过几轮，你就可以开始做禁毒宣传了："如果我是毒品，你人生有五张好牌——金钱、名誉、亲人、健康、生命，我会把你这些好牌一一抽掉，你不得不信，因为你刚才看到，我一次抽一张，一直抽下去，这些牌都到了我手里。你人生的好牌在毒品面前一样也无法保住，不管你怎样想保住它们，到了最后，毒品会把这一切都夺走，你将一无所有。"

然后，你就开始历数毒品的危害……

这个游戏要想成功，你必须反复练习，特别是翻转扑克时，动作要快，即使旁边有人看到（肯定会有人看到的），也不一定能看出来其中的机密。

　　最后，你把谜底告诉大家，让大家也学样去做。

　　怎么样，做一个禁毒宣传员并不难吧?

　　当然，你得收集一些吸毒者的悲惨故事，这个就不用我帮你了吧，网络上很多。

　　　　　　　　　　　　　　　（2017 年 8 月 31 日工作手记）

在梁弄做禁毒宣传

昨天上午，我在余姚市梁弄镇的一所职业技术学校和一所初中开展禁毒宣传。这是在杭州采荷街道做宣传半年后的第二次跨市宣传。

小曹是我去年全省禁毒系统心理咨询培训班的同学，她看到我发在朋友圈的文章（也发在心理咨询班的微信群里），就主动联系我，邀请我去她那里的学校里做宣传。

本来我们约定是 10 月的，推迟到了这个月。前几天天气预报一直说会下雨，那么职业技术学校的宣传只能在多媒体教室里讲，听的人少了许多。中学只能在广播室里讲，学生们看不到表演，效果就会大打折扣。

前天下午，小曹来动车站接我。我们聊天时，她说到余姚的禁毒工作在宁波算是走在前面的，大队长知道我要来做宣传后，对我这样花心思研发宣传方法很赞赏。

晚上，小曹和几个社工来到我住的宾馆，我给他们示范了两个魔术的表演方法、道具制作方法，这样他们就可以自己动手做了。我很希望这种宣传模式能在余姚推广开来。

昨天上午一直下着毛毛雨，第一场 8:30 开始，半小时的讲座，职业技术学校的学生们听得不是很认真。结束前，我说，作为一个初中生的父亲，我希望我的女儿平平安安度过青春期，也希望在座的每个人都能平安长大，一生安康。我希望这最后的话会被他们记住，从而使他们让自己的父母放心。

职业技术学校的讲座一结束，马上转场到梁弄中学。结束后，政教老师说学生们看不到表演很可惜，我说以后会把整个过程拍成视频发给他们。

下午回来后，我想今年结对单位给我们的经费就拿来制作视频好了，拿几个视频出来，长的在班会课上用，短的在晨会上用，发给全省的同学看，这就等于我到各地跑上一遍了。片尾署上两个单位的名字，给他们打一下广告，他们也高兴。

（2017 年 11 月 21 日工作手记）

母校宣传记

5 月，经新桥街道禁毒办牵线，温州科技职业学校的朱老师联系我，邀请我去做禁毒宣传。

我这是公益宣传，辖区外的学校到处接单。去大学做宣传，我从去年就开始有这念头了。我碰到一个医科大学的志愿者，她说和学校领导讲一下。我提出全体学生集中起来宣讲，她说大学里除了运动会，是不可能全校集中的，最多只能办讲座。但后来连讲座也办不起来，我只得作罢。

当朱老师告诉我以讲座形式进行禁毒宣传时，虽然我觉得效率实在太低了，但还是答应了。

6 月 5 日下午，我先去温州市第二十三中学做宣传，一个学段的学生集中在大会场里听讲座。孩子们表现不好，结束时王老师把他们训了一顿。晨会只有 20 分钟，但讲座是一节课时间，孩子们注意力容易涣散，下次估计王老师会叫我在晨会上讲了。

从黄龙回来，我先到高翔工业区北大方印务公司拿《瓯海文艺》，里面有我的一篇回忆农校生活的文章，编辑只给了我 5 本，我要送几本给母校。

回到六虹桥路，远远看见温州科技职业学校的大门，恢宏气派。我无数次经过这里，看到学校一直在变，面积大了几十倍，大楼数不胜数。

学校大门口，进进出出的帅哥靓妹看上去像度假村里的观光客。我在微信上问乾生他在哪儿，他说在综合楼前面。我朝里面骑去，远远看见他，还是老样子，只是胖了一点儿。

乾生毕业后选择留校，30 年没挪一下位，是同学们来母校时唯一的接待员。我们已经 20 来年没见面了，虽然单位相距不远，但没事我不上门，所以难得一见。

乾生说我都没变。是的，这 30 年，我一直骑车、洗冷水浴，体形保持得很好，面容也不显老，背了个包包，像学生。

乾生引我上了 4 楼办公室，指着桌上一袋蓝莓说："下午刚拿过来，送给你了。"然后带我下楼到食堂吃饭，边走边告诉我不但校园面积扩大了 N 倍，还有很大的实习基地，蓝莓就是那里生产的。

我们上一届校友法格是"温州蓝莓之父"，我们那时还一起踢过球，可惜他英年早逝。一说起他，乾生和我都唏嘘不已。

乾生说，10 月又要开同学会了，这次是在乐清开，忠敏同学负责叫人，你一定要来。我点点头。

我们是农校第二届学生，毕业后乾生和温暖留校，我那时也想留，但没能如愿。如今温暖是省委组织部副部长，乾生也是部长（一个路过的老师叫他郑部长），班里大多数人都是科级以上，只有我是个副股级。但再过十几年，我们都要回到起点。我现在所做的，就是为退休以后做公益提前做准备，越早准备将来做得越大。所以，10月的同学会我必须参加，让各地同学都能助我一臂之力。

我们到了学生食堂，我在宁波万里学院的食堂吃过，这个食堂不管面积还是菜肴种类，都不逊色于万里学院。想当年，农校才三四百人，只摆30来张圆桌，不过相当于这里的一个大包厢而已。

乾生点了8盘菜，有鱼有肉有蔬菜，分量很足。我边吃边感慨，当年我只买便宜菜，鱼啊排骨啊舍不得吃，点的最多的是豆腐干炒肉片。师傅打菜时，我眼巴巴地看着，只希望他能多放一两片肉，可他盛到盆里的大多是肥肉。后来，我干脆去菜场买黄豆花生，放在饭盒里煮好当菜吃。那时，我很少向父母要钱，有时菜票还能省下一些去小卖部买生活用品。

后来我想，如果那时每天多加一个荤菜，或买全脂奶粉而不是麦乳精，我可能就有一米七了。天天踢球早跑，只要增加一点儿营养，2厘米就能赚来了。

过去是舍不得吃，现在是不能多吃，真矛盾啊！

光盘后才6点，乾生带我到校园里走了一圈。一路走来，竟找不到半点儿当年的痕迹了。

我想起温州第二中学（原艺文学堂），当年教会学校留下的那些西洋风格的大楼，现在荡然无存了。我实在想不通，哪怕留下一个钟楼也可以证明是百年老校啊！而这里连三四十年前的校舍也都下架了，将来校庆时，老校友们还能看什么呢？

正这样想着，乾生带我到了一幢楼前，指着墙角一个碑说："这是唯一保存下来的教学楼，建这幢楼时，我们还搬过砖呢。"

我端详了半天，终于把它和原先的样子对上了号。我们在这里上过课，楼上是图书馆、阅览室，我在那里看农业杂志，还记了不少笔记呢。但乾生不说，我是根本认不出它的。

那么，这幢楼该不会再拆了吧？如果再拆了，农校毕业生们大概都不会再来母校了。还有什么好看的呢？只要大楼在，以后校庆我们就还有地方可拍集体照。

乾生带我到了会场，朱老师已经在里面了，下面坐了大约100来人。我很失望，人太少了。朱老师对乾生说，郑部长，你们班的同学都很厉害啊！

讲座开始了，我先简短讲了自己的农校经历和对同学们的期望，就言归正传。这时，我发现有个帅哥拿出了手机，不久一只只手机都拿了出来。我希望他们会自觉收起手机，把我所讲的悲惨故事听进去，但我失望了。最后结束时，我毫不客气地说：

"今天你们可以不听，但有一天如果你们吸毒了，你们将会后悔自己为什么没听。我有时会去黄龙戒毒所开讲

315 / HUISHOU LAI LU

座，我不希望你们在那里碰到我。"

我一般会给人面子，尤其是对成人，但如果我认为必须讲，还是会不顾一切地讲出来。我知道他们听了肯定会不高兴，但我要让他们知道，他们对待禁毒宣传的这种态度是很危险的。有很多人就是因为在学校时没有接受毒品预防教育，因为无知才上当受骗的。如果他们不听我前面的话，那么最后这一重炮，该把他们轰醒了吧？只要他们能把我的警告带回去，今晚就没白来。

我不希望看到在校生吸毒，特别是母校的学生。我不想在场的任何一个人落在毒品的魔手之中，哪怕用骂人的话，我也要把他们骂醒。

最后，我举起手里的《瓯海文艺》说："农校以前有个绿溪文学社，培养出一批写手，我希望你们抓住学习的机会，好好磨炼文笔。我写农校生活的文章就发表在这本刊物上，你们当中有谁愿意写作的，这本就送给他。"

没有人上来，我一阵尴尬。时间仿佛凝固了，终于有一个男生上来，他是给我当魔术表演助手的，总算让我下了台。

坐在台下，我的心情很糟糕。

30余年前，农校只有一幢新教学楼和一幢新宿舍楼，却培养出这么多党政方面的中坚力量。那时，我们吃素菜，在黄泥地球场上训练，却踢赢了温州师范学院，取得了首届大中专院校足球赛的第四名。现在的他们在做什么，能做什么呢？

　　高校的禁毒防艾教育刻不容缓，只要校方有决心，每学期一次的全校集中式宣传完全是有可能的。运动式的宣传，走过场的宣传，像一阵风吹过，有多少角落吹不到，有多少沉淀不下来，不听的还是不听，无知的还是无知。用尽一切办法，唤醒封闭的心灵，这是老师的责任，也是我的职责。

　　走在黑暗的校园里，我心里很沉重，我能做什么，该做什么？母校啊母校，希望你里面的学子都能像我们当年那样，成为社会的栋梁。

（写于 2019 年 8 月 20 日晚）

预约的酸甜苦辣

（一）

"昨天上午，我来回骑了两个小时，到某职校做宣传。……再远的学校，只要邀请了，我也要去做宣传。离开时，政教老师邀请我再去给学生们开讲座，虽然要骑15公里，我还是一口答应。"

这是去年写的一篇文章里的一段，我之所以拿出来说事，是因为这个老师早一天和我的通话。

我："你们学校今年的禁毒宣传有安排吗？"

回复："可以是可以，不过你在我们学校讲过了。"

而去年12月，他也拒绝了我。

面对这样的回复，我无语了。

（2019年2月26日工作手记）

（二）

为了让更多孩子了解毒品的危害和新型毒品的伪装，提高防毒意识，我计划今年上半年进入 50 个学校做禁毒宣传。从 18 日开始一直在预约，到今天正好达到一半。下面谈谈感受。

有的人很积极，一看到群里的预约消息，马上跟帖。我觉得这些老师真的是关心学生的成长，他们不愧是爱生如子的好老师。

有的人，我在微信上问他，却毫无反应（去年年底预约时也是这样），好像把我屏蔽了一样。我极偶尔也会不回复别人（大概万分之一的概率），但一旦发现就觉得很过意不去，这就像人家和你打招呼，你却视而不见一样。

我也请人帮我牵线，有的人很热心，马上给我介绍。有的人却反应冷淡，好像这不关他的事一样。

所以，这几天我心里挺堵的。

有时我想，我干吗要自作多情多管闲事？

但又想，我不做，这些孩子吸毒了怎么办？

（2019 年 2 月 27 日工作手记）

（三）

一天在绣山公园边待命，到了那里没什么事，就预约学校，重点是瓯海和龙湾两个区。

瓯海瞿溪前年去过，今年已有几个学校约下，禁毒社工又把我介绍给郭溪。我请三垟校友帮我在瓯海的乡镇牵线，通过他街道的同事，和南线的梧田、仙岩、丽岙取得联系，接下来还有茶山，这一圈学校比较多；新桥、景山还没有突破，龙湾有一个学校在谈，还没定下。

上午约下了三个学校，真开心。

（2019年3月6日工作手记）

（四）

早上到郭溪第六小学做禁毒宣传，路上还有一丁点儿毛毛雨。到了那里，雨停了。宣传快结束时，毛毛雨又开始了。

我和郭溪社工、第六小学校长说，这几次都是这样。他们说，你人做得好啊！

真的，今年的雨就像安排好了似的，让我能见缝插针地完成任务。就像现在温州的很多司机都会礼让行人了，雨也会让我做完宣传再下。可有的人就是牛，就是不让宣传，我也没办法。

（2019年3月22日工作手记）

（五）

半夜还没下雨，凌晨却听到淅沥的雨声，但没事，已经有两手准备了，广播室里照讲不误，怕什么。

上午要去3所学校，分别是温州外国语学校九山湖分校、广场路小学、石坦巷小学，这是今年做学校禁毒宣传最多的一天。

在石坦巷小学等下课时，我和校长说，最希望的是市、区教育局能帮个忙，让我的推广省力些。我到一个学校做宣传才20分钟，但前面请人牵线的时间却N倍于宣传的时间，如果教育局能帮忙，我可以省下多少时间啊！

再次感谢叫了我好几次的老师们，你们的热心是我的动力！

（2019年5月13日工作手记）

（六）

昨天下午在梧田第一中学做禁毒宣传，初一阶段学生听讲座，下半年再去做晨会宣传。

今天，想到有几个人可以帮我推广到瓯北做宣传。瓯北虽和鹿城仅一江之隔，想去那里做宣传却像出国一样，我都有些灰心了。但现在瑞安也开启了，相信瓯北、乐清也会进去的。

像推销员那样百折不挠，终会看到成功之日。

（2019 年 5 月 23 日工作手记）

（七）

上午，在建设小学瓯江校区做禁毒宣传。潘校长说会帮我做推广，但愿更多的学校来约我。

回来后，昨天托的人已经回信，说瓯北第五小学联系了。很快，董老师就加我为好友。在董老师的推介下，瓯北第三中学的王老师也加我为好友，一下子两所学校约下了，我真有些不敢相信。

谢谢帮忙的你们！

（2019 年 5 月 24 日工作手记）

（八）

早上到瓯北第五小学、第四小学做禁毒宣传。

刚到第五小学，天上飘着一点儿毛毛雨，董老师还是让孩子们下来了。董老师对孩子们说，你们在这样下着毛毛雨的天气听禁毒宣传，真是好样的，给自己点个赞。有了老师的鼓励，孩子们在操场上听得特别安静，天公作美，毛毛雨也没了。

董老师这次给我介绍了 4 所学校，另加上第一小学（没约成，因为已由瓯北街道来做宣传），真是热心肠。有这样一位好老师，第五小学的孩子们会健康成长的。

董老师是徐女士的师范同学，是徐女士叫他约我的。在此也感谢徐女士。

（2019 年 6 月 11 日工作手记）

（九）

晚上，鹿城区禁毒办在南塘古戏台开展禁毒巡演（全市最后一场）。主持人采访我时，问我在做禁毒宣传时最困难、印象最深刻的是什么？我说，就是请人牵线时经常失望，直到在新华中学邱老师的帮忙下，6 月 5 日一个上午就约下了 13 个学校，让我倍受鼓舞。5 月 22 日去新华中学，是第一次去瑞安，来回三小时共 50 公里，饿着肚子，回到单位时筋疲力尽。邱老师看了我的工作手记后，就把我推介给塘下的很多老师。

最后，我呼吁大家都来关心下一代的禁毒预防教育，这样我的 1000 校次目标就可以早日实现了。

工作手记是值得写的，可惜去年停了一年，今后我会一直写下去，退休后则写公益手记，让看了的人都能重视禁毒，参与公益。

（2019 年 8 月 8 日工作手记）

（十）

昨天看到知名广告人华利·安普斯特一句话："达到目标的唯一方法是，定出目标，不断努力，直到完成为止。"让我很受启发。

我下半年的宣传目标是 100 校次（加上自己辖区的共106 校次），给自己设定的目标是：到 9 月底约到 50 个学校，10 月底约到 106 个学校。前几天才 30 多个学校，经过昨天和今天的努力，此时（下午 4 点半）已经有 47 个学校了，50 个学校完全可以搞定的。

我有远大的目标，但要分阶段一步步去实现。1000 个学校只能靠一学期 100 多个学校积累起来，慢慢接近目标。我的工作室要成为最好的工作室，要脚踏实地，一步一个脚印，凭实干做成品牌。

下午做了一下平板支撑，6 分钟倒计时，最后半分钟完全是凭意志在坚持着，咬牙忍耐。一想到 6 块甚至 8 块腹肌在望，就挺过来了。每天进步一小步，以后就会慢慢朝 10 分钟迈进。

（2019 年 9 月 29 日工作手记）

（十一）

下午在第二十三中学做禁毒讲座时，区禁毒办陈弦帮我约下浙江工贸职业技师学院的禁毒讲座，时间是下周二中午。

至此，今年下半年共预约了111所学校，其中3个学校因为特殊原因没去成，减去6所辖区学校，百校公益宣传目标终于实现了。

2017年做公益宣传（跨辖区、完全免费）11校次，2018年42校次，而今年上半年就有73校次，下半年则有102校次（12日下午，龙湾禁毒办的月松发微信给我，说要帮我推广，所以会超过102校次。补记）。照这样的递增速度，至2021年"6·26"国际禁毒日达到626校次，一点儿也没问题。

一年年宣传下来，我们的下一代一定会远离毒品。除了禁毒知识，我还要加上预防违法犯罪的其他内容，更全面地防患于未然。

（2019年12月11日工作手记）

禁毒宣传路上

（一）

上午去温州职业中专学校做宣传，一路行程甚是紧张。

昨晚住在天鹅湖小区的朋友那里，一夜没睡好。5:30就起床了，5:40 到了状元公交枢纽，6 点第一班 159 路从里面开出来，而我因错听一个人的话，在外面站头上等，一看到车开过了，赶紧追上去，车停在红灯前，却不肯开门，我只好回来等第二班车。6:25 第二班车终于开出，却开了 80 多分钟，一路上十几个红灯让我犹如热锅上的蚂蚁，因为 7:45 晨会准时开始。司机听说我要赶去给 5000 多名学生做宣讲，加快了速度，但又不能超过 40 公里的限速，所以开到终点站东方学院时已经 7:48 了。

东方学院的保安已在门口等我了，他用电动车把我直接载到广播室门口（没有保安的话，大雾天在偌大校园还真不容易找到这个广播室），此时已经 7:55 了，升旗已结束，禁毒动图也放过了。我马上表演《五子登科全没了》的魔术作为开场白，魔术结束，还没开讲，学生告诉我只剩 3 分钟了。我只能讲了一个吸毒致死的案例，直到下课铃声响起停下来。学生说，铃声结束后还可以再讲几句，我就又讲了一点儿关于新型毒品的知识。

回到单位已经 10:40，来回花了 5 个小时，只讲了 10 来分钟，这个代价真大啊！好在政教处杨老师说"6·26"国际禁毒日前再请我给全校学生上班会课，弥补一下今天时间上的不足。

（2019 年 4 月 8 日工作手记）

（二）

天气预报显示一天都有雨，让我对去瑞安鲍田做宣传有些畏难情绪。虽然学校里已做好在广播室宣讲的准备，但来回 50 来公里，一路上被雨淋湿和溅起的积水打湿，那种滋味只要尝过的人就都不想再尝，好在我已习惯了风里来雨里去的骑行生活，所以还是决定骑车去。

7:20 从家里出发，一路疾驰，8:35 到鲍田第七小学。一路上，温瑞大道上的小汽车如在河滩上开车似的，水花飞溅好不壮观，好几次污水扑面而来，连电动车也欺负一下我这个远道而来的客人。

这次，我吸取了上次到新华中学做宣传时没吃早餐而饿极了的教训，在家里吃了麦片和鸡蛋，到了学校就一刻不停地忙活了，根本没时间吃东西。

鲍田第七小学、鲍田第二小学、鲍田第三小学、鲍田第四小学，这四所学校相距很近，路上10来分钟绰绰有余，并且有老师开车送我到下一站。鲍田第四小学的宣传结束时，已经10:50，孔老师留我吃饭。吃过饭骑车就不敢骑快了，回来23公里足足骑了100分钟。

下周塘下还有两趟，再下周塘下还有一趟，但愿天气好些，让我不用吃苦头。

（2019年6月13日工作手记）

（三）

下午的作文培训结束后，刚买的山地车才骑第二趟，就被刺了个洞，我推着车找修车店，但附近没有一个店，只找到一个轮胎店，地上有工具，问店主补不补自行车，他说不补，我就说自己补，他同意了。他补胎是用机器磨，我第一次用不习惯，磨子老打滑，好一会儿才磨出一个一元硬币大的面积，涂上胶水，贴上补胎片，再装回去，才花了10分钟。问店主多少钱，他说不用，我谢了他。

我为什么要买这辆山地车？就是为了去远处做宣传（比起公共自行车，可以缩短四分之一的时间，也省不少力）。在发觉后轮瘪了的那一刻，我想出去做宣传还是别骑这车，就骑实心胎的公共自行车好了。想想看，当我风驰电掣前往瑞安或乐清做宣传时，突然被地上的钉子刺穿了轮胎，推车走上半小时是小事，耽搁了学校宣传是大事，让几百上千号人白等一场，那就太对不起大家了。

以后，我骑车出去做宣传就自带工具吧，一个小气筒，一把小锉刀，两把螺丝刀，小牙膏那么大的胶水和几片补胎片，一个小袋子就装下了，挂在车上一点儿也不显眼。盛水的盆就不用带了，内胎打足气，洞里喷出的气，用手背就可以感觉出来。

（2019年8月13日工作手记）

（四）

中午没睡，去瓯海外国语学校和牛山实验学校做宣传。在牛山实验学校门口，保安拦住我的公共自行车，不让我推进去，我只得苦苦地去找自行车桩位，所幸不远处就有一个，才没耽搁学校的讲座。

也许是我拿的背包旗杆，让他觉得我是个打工仔，才这样对待我吧！（背包旗杆是为我联系的企业做宣传，同时也宣传禁毒）

回来时，时间已迟，所以拼命赶，但还是迟到了4分钟。我满腹怨气，都是因为去停车，裤子换了，公共自行车车卡没带出来，只好订哈罗单车月卡，中途单车链条有问题只得换了一辆，才迟到的。

但是为了孩子，我这样折腾是值得的。

（2019 年 9 月 12 日工作手记）

（五）

今天要去柳市三个学校做宣传，这是第一次去乐清，来回八九十公里，4 个半小时暴露在太阳下，虽戴了冰袖，但手背晒得像酱油鸭，脖子有些痛，大概是晒伤了。

外出做宣传虽然辛苦，但每季度考核宣传有加分，心里挺高兴的。更高兴的是学校老师对我的肯定。柳市第二小学高校长中午留我吃饭时，对一起吃饭的老师说，上午的禁毒讲座效果非常好，孩子们听得很认真。老师们都叫我下午留下来继续讲。我说，柳市还有十几所学校，等镇里安排起来，我会再来的。

（2019 年 9 月 19 日工作手记）

（六）

泽雅小学、泽雅中学、周岙小学，一个上午都做了宣传。

泽雅好山好水好空气，只是天长岭隧道太长太热，废气太浓了，一个山洞在维修，所以双倍车流量，一出洞口，那感觉真是太好了。

（2019 年 10 月 17 日工作手记）

（七）

上午，去岙底、香樟小学做宣传。

7 点乘利汉的车上去，相隔一周再次经过天长岭隧道，看到窗外浓浓的汽车尾气，想起自己 7 天前在 2.8 公里长的隧道里骑车骑了七八分钟，该吸入多少有害物质啊！

（2019 年 10 月 24 日工作手记）

（八）

今天是做宣传学校数量最多的一天，瑞安共 6 所学校（其中一个是两个校区），所以是 7 场，骑行 120 公里，回到单位都 6 点多了，大腿肌肉有些酸。睡前一看步数，40006 步，第一次破四。

从早上 6 点多到晚上 6 点多，骑车 6 小时，讲了 2.5 小时。

（2019 年 11 月 12 日工作手记）

（九）

上午，去乐清盐盘第一中学、教育学院附属学校、乐成第一小学做宣传。来回 105 公里，骑了 5 个多小时，到单位时都快 2 点了。

这周去做宣传的学校最多了，一共去了 15 个学校，比 10 月最高纪录 11 校多了 4 校。下周再走 4 个，就达到公益宣传 200 校次了，我想写一篇文章发给《中国禁毒报》纪念一下。

晚上打气排球，总共 7 个人，少了几个人，打得就不激烈了。回家一看步数，又是 4 万多步（打球也贡献了不少步数，以后打球时就把手机放兜里好了）。

（2019 年 11 月 15 日工作手记）

骑着单车去瑞安做禁毒宣传

从 2017 年上半年开始，我走出自己辖区开展公益禁毒宣传。我的宣传很有特色，深受学校欢迎，我的母校和另外几所学校每学期都请我过去做宣传。首次做宣传后，第五中学老师的朋友圈里，一个老师评论说："早上的禁毒宣传是最生动最有效的一次，感谢这位五中校友。"去年，我获得了鹿城区"最美禁毒人"和全国青少年毒品预防教育"6·27"工程优秀校外辅导员称号，这是对我做公益宣传的肯定。

2017 年，我在微信朋友圈里连载工作手记《禁毒办的故事》，希望能引起人们的关注，为我牵线，让我可以进入更多学校去做禁毒宣传。我不停地吆喝，慢慢开始有人帮我牵线。到今年上半年开学前，我的禁毒公益宣传已经做到 50 多场了，但除了瓯海的两三所学校，其余都是鹿城区的。我很想今年能有所突破，可以进入其他县（市、区）。

今年春节，妻子的堂弟主动联系我，说要把我的禁毒宣传移植到瑞安，我一听高兴极了。上班第三天的中午，他到了我办公室，我和他谈了一个小时，教他如何操作。可后来他一直没行动，我有些失望，只好找其他人联络学校。到了 5 月中旬，终于约下了塘下新华中学，荆谷学校也在洽谈中。

5 月 22 日，早上 6 点我就起床了，骑公共自行车前往塘下。到了学校，政教老师邱老师听说我是骑车来的，很是惊讶，大概现在温州人是不可能骑自行车到塘下的。

8:40 分下课，学生们在操场上集合，邱老师介绍我时说我骑了 25 公里来做宣传，学生们都听得很认真，整个操场上鸦雀无声，这是这么多次宣传中最安静的一次。我表演了两个魔术，让所有学生把"毒品会把你的一切都夺走"这个道理牢记在心。我讲的案例都是鹿城发生的例子，让学生们知道毒品是如此可怕，人一旦沾毒就会走上不归路。20 分钟的讲座干脆利落，毫不拖泥带水，邱老师觉得很满意，邀请我再来。我则请邱老师帮我做推广，他答应在政教老师群里为我打一下广告。

回来的路上，由于没吃早餐（我怕吃了骑车会肚子痛），骑到一半就没力了，越骑越慢。于是，拿出包里的百强甜炼乳，像牙膏一样挤出来吃下去，可惜分量太少，只有 13 克，杯水车薪，补充不了多少能量。骑到梧田时，已经精疲力竭，满脑子想的都是吃的东西，最后 1 公里完全是凭着意志骑的。一进办公室，看到桌上同事替我拿来的早餐，我狼吞虎咽，一扫而空。

6 月 5 日上午，邱老师打电话给我，说已经帮我拉了很多学校。果然，鲍田、塘下、罗凤、海安、场桥的中小学老师接二连三加我微信，一下子预约了 13 个学校，我乐坏了。

由于这些学校比较集中，所以我决定一个早上多去几个学校。来回要骑 50 来公里，不多走几个太不划算了。罗凤第三小学的潘老师干脆一个上午排了 6 个学校，平均一个学校连讲带走只有半小时，这可是我有生以来最有挑战性的任务啊！

6 月 13 日要去鲍田 4 个学校，我吸取了上次没吃早餐的教训，先吃了麦片和鸡蛋，过 1 小时再出发。由于下雨，温瑞大道上到处是积水，汽车开过，水花飞溅，好不壮观，好几次污水扑面而来，让我满脸是水，连电动车也会溅我一身。

鲍田第七小学、鲍田第二小学、鲍田第三小学、鲍田第四小学相距很近，我在广播室一讲好，就有老师开车送我到下一站。10:50，最后一校结束后，孔老师留我吃饭。讲座回来只睡了 20 分钟，我就去区公安分局开会，一到那里裤子又淋湿了。一天之内裤子干干湿湿好几回，幸亏我特意穿了条薄裤，干得快。

19 日本来是要去 6 个学校的，但临时有 3 个学校取消了，只剩下下林小学、塘下第四小学、塘下第二小学。天气闷热，树叶纹丝不动，下林小学一个二年级学生竟然晕倒在操场上，所以最后的塘下第二小学干脆安排在广播室里讲。

25 日去鲍田中学、海安中学、场桥中学，天一直下着毛毛雨，结果又是湿裤湿衫用体温晾干。上半年的宣传至此拉上帷幕。说实话真的很辛苦，6 趟 13 校，除了荆谷学校是乘车去的，每趟都得来回骑上 50 来公里。但我也很欣慰，瑞安的学校终于进去了，下半年将会进入更多学校。

去瑞安第二实验小学做宣传回来吃饭时，同事问我为什么要骑车去瑞安。我说骑车的话可以掌握时间，乘公交难以保证准时到达。确实，现在像我这样骑长途车的人已经极少见了，但我想，骑车去可以感动人，让人们支持禁毒事业，邱老师就是因为这个原因才帮我做推广的。

这几年的公益宣传中，我见过对禁毒公益宣传持各种态度的人，有的人古道热肠、鼎力相助，有的人事不关己、高高挂起。牵个线搭个桥，举手之劳，有人却不愿意做。有人更有意思，出尔反尔，让我啼笑皆非。但不管怎样，我都会继续在公益宣传这条路上走下去，我也相信像邱老师那样的人总会及时出现并相助的。

下半年，我将继续扩大范围，目标是推广到全市 9 个县（市、区），达到 100 校次，这样到了年底我的公益宣传就可以达到 225 校次了。我想在车上插上一面写有禁毒口号的旗子，一路宣传过去，这样效果就更好了。

漫漫禁毒宣传路，我将一直在路上。

（写于 2019 年 6 月 25 日国际禁毒日前夕）

图书在版编目（CIP）数据

回首来路 / 吴旭东著 . —北京：中国民族文化出版社有限公司，2020.5（2025.1重印）

ISBN 978-7-5122-1322-7

Ⅰ . ①回… Ⅱ . ①吴… Ⅲ . ①散文集—中国—当代 Ⅳ . ① I267

中国版本图书馆 CIP 数据核字 (2020) 第 037333 号

回首来路

作　　者	吴旭东
责任编辑	万晓文
责任校对	祁　明
出 版 者	中国民族文化出版社　地址：北京市东城区和平里北街14号
	邮编：100013　联系电话：010-84250639 64211754（传真）
印　　装	三河市同力彩印有限公司
开　　本	889mm×1194mm 1/32
印　　张	10.875
字　　数	140.8千
版　　次	2020年11月第1版　　2025年1月第2次印刷
标准书号	ISBN 978-7-5122-1322-7
定　　价	48.00元